U0044265

幻想電影院

ゲンソウエイガカン

堀川麻子

目次

幻想電影院

1 從文字接龍開始

噴灑，撒謊，謊言，言簡意賅……接不下去了。

那天我搭電車上學的路上，一個人玩著文字接龍。一個人的文字接龍應該是愛玩多久就玩多久，但是我很難一直接下去。

裝了運動服、課本和便當的背包放在膝蓋上，有點重。手表在制服袖口下若隱若現，時針快要指向十一點。我遲到了，而且已經開始上課很久了。

坐在對面的一對大學生情侶從剛剛就一直在聊天，他們的表情有點不安，卻又很興奮。

「聽說那部電影不是普通無聊，看的人一定會睡著，而且所有觀眾睡著後都會夢見一樣的景象：山頂上有一間郵局，後院是一片壯闊的花海，所有人看了都興奮地大叫：『好美，好棒的景色啊！』這時候不知道為什麼就會跑出一個爆炸頭的歐吉桑破口大罵。咦？是爆炸頭還是電棒燙啊？」

「爆炸頭和電棒燙很難分辨呢。」

「那個電棒燙歐吉桑對著大家怒吼：『滾回去！你們沒有資格看這座花園！』或是『你長得一副死後會下地獄的樣子』。」

「所有觀眾一起打瞌睡，還都夢見同一個爆炸頭歐吉桑嗎？」

「可怕吧？不過歐吉桑應該不是爆炸頭，而是電棒燙。」

「為什麼會知道所有人都打瞌睡又做一樣的夢？問過這些人嗎？」

「這個嘛，因為是都市傳說，只有天知道。」

開了一半的窗戶飛進一隻白粉蝶，在大學生身邊打轉之後，又在吊環間穿梭，翩翩飛去。蝴蝶輕輕振翅，微微地攪動電車特有的機械味和早上人潮殘留的氣味，最後從白髮紳士身後的窗戶飛出去。

白髮紳士的身影就像白天在室外看電影一樣，漸漸淡去、消失。

「啊！」

我稍稍睜大了眼睛，盯著空蕩蕩的座位瞧。這不是第一次了。

一定是蝴蝶震動了空氣，讓我在瞬間瞥見原本不會看見的影像。簡而言之，我看見了白髮紳士的幽靈。這事雖然不可思議，但也不是第一次發生。

（馬上就要到站，所以老伯早一步下車了吧？還是他只是身影消失，其實人還在座位上呢？）

我邊思考，邊低頭盯著自己的腳，穿著皮鞋的雙腳下意識地小聲打起拍子。

咚咚咚咚咚……碰！

電車像是痙攣般用力晃了一下，打亂我雙腿原本輕輕打拍子的節奏，我也跌個歪七扭八。背包從膝蓋上掉落，發出令眾人驚訝的巨大聲響。大學生情侶一同望向我，我趕緊撿起背包。

（嘿咻。）

我把背包拉回膝蓋上，頭頂傳來接近終點站時必定會播放的音樂盒樂聲，簡單的旋律和車掌的廣播重疊。

「本站為終點站，下車時請別忘了您的隨身行李。」

電車緩緩減速，進入月台。這次停車非常平穩，跟剛剛的劇烈晃動截然不同。我低著頭起身，跟在大學生情侶後面下車。

「咦？」下車時，看見完全預想不到，比白髮紳士消失更令我驚訝的景象。從隔壁車廂下車的一對情侶走過我眼前，一看就知道是外遇的中年男子與情婦。

為什麼我會知道是外遇？因為那名中年男子是我爸爸。

（爸爸昨天也沒回家——一個星期有一半以上的時間都不在家——最近連上廁所、洗澡都會把手機帶進去。）

想到這裡，我的腦中湧上一股令人不悅的熱氣，是「憤怒」。

啊！「憤怒」真是種討厭的情緒。

（爸爸果然有外遇。）

我滿腔怒氣，雙手抱住造型像粉紅色小豬的後背包，偷偷尾隨爸爸和他的情婦。

（爸爸這個人、爸爸這個人……）

爸爸是入贅到楠本家的女婿，名叫楠本愛郎，是楠本天空旅館總經理。

他本來是與楠本觀光集團往來的銀行派駐到楠本觀光集團的員工，認真工作的態度受到楠本集團董事長——也就是姨婆的青睞，於是十七年前和媽媽政治聯姻。

爸爸被招贅進入楠本家的同時，也成為楠本家經營的度假旅館總經理，姨婆說他是「天生善良的好好先生」，適合經營集團企業。當然他在家裡也從未擺出大男人的架子，對媽媽大喊：「洗澡水！晚飯！」總是把妻子捧得高高的，一直以來都活得像是完美日本人的典範——我以為。

（結果竟然……啊，好丟臉，真是看不下去！）

今天走在我前面的爸爸，一隻手放在女子的肩膀上，一臉色瞇瞇地笑著。緊貼在父親身上的女人頂著現今流行的鬈髮（但髮梢有點受損）、穿著剪裁合身的美麗套裝（只是有點花俏），算得上是個美女（雖然鼻子疑似整過形）。

不起眼的中年男子和淑女漫畫裡會出現的性感美麗壞女人，看起來一點也不搭。剛剛的那對大學生情侶一直用手肘互頂對方，回頭張望這對偷情男女；在車站小店前買報紙的歐吉桑也一臉賊笑地目送他們。

（爸爸成了大家的笑柄。）

可是爸爸他們一點也不在乎外界的眼光，走向車站西口。

我還是繼續尾隨著他們，雖然學校是在東口的方向，但現在已顧不得上學的事了。我躲在圓柱後面，偷偷觀察。

爸爸和情婦穿過剪票口後突然停下腳步，四目相對，接著兩人居然擁吻了起來！不僅是我，連站務員和接著通過剪票口的粉領族也驚訝地停下腳步。

（笨蛋笨蛋笨蛋！這個不要臉的色老頭！）

當我目擊這場不可置信的景象時，一張被風吹起的報紙迎面而來。是老天要懲罰我看到這一幕嗎？那報紙簡直就是衝著我，直直地朝我臉上貼來。舊報紙黏上我臉的前一秒，我看到報上的標題。

無良業務員連續離奇失蹤

「嗚……嗚……」

風向的關係，害我一直沒辦法拿下緊貼於臉的報紙，墨水的味道因為濕氣而變重，黏在臉上的灰塵和泥巴也讓人覺得好噁心。

大概是我拚命想扯下報紙的模樣看起來太可憐，最後是看完醫生要回家的老人和正在跑業務的粉領族幫我拿下報紙，差一點就要哭出來的我趕緊向大家點頭致謝。

「不好意思，麻煩大家了。」

正當我忙著這些事的同時，沉浸在兩人世界的爸爸和他的情婦已經走向後車站的商店街了。我握著從臉上拔下來的舊報紙，重新開始跟蹤。

那條商店街很老舊，一條狹窄的雙向車道，兩旁都是商店。我躲在路邊暫停的車子後方或是招牌之後，一邊緊盯著前方兩人的背影不放。

（那兩個傢伙……）

中午出門購物的人、往車站走的人，每個人的腳步都很匆忙。高照的五月艷陽在商店的雨遮和行人的腳邊劃下銳利的陰影。

我尾隨的兩人有時會淹沒在人群裡，卻因為散發著一股獨特的氣息而一眼就被發現。那就是外遇的人會散發出的輕浮氣息吧？

（爸爸居然這麼亂來！）

我不禁用力抓住手中的背包，裡面的運動服和課本也隨之蠕動。附近的店家傳來美味的香氣。路的兩旁是泰國餐館、將棋教室、理髮店、投幣洗衣店、腳踏車店、冰店、咖啡廳；蔬果店、熟食店、郵局、旅館、居酒屋、電影院、日本舞教室、中菜館。

商店街上輕聲放著歌曲，歌詞唱著「嗚啦啦」。

爸爸和他的情婦在咖啡廳和中菜館之前再度停下腳步。

他們要是敢再接吻，我一定會忍不住暴走。我邊胡思亂想，邊躲進一扇開著的玻璃門後方。那是一棟陰暗又陰沉的建築物，單純認為那裡是個不易被發現的地方，是我的一大失誤。

「嗚啦啦」的歌聲突然變大，背後傳來聲音，高聲地說：「歡迎光臨！」

我一回頭，發現後面站著一位身穿深綠色雙排釦外套的中年男子，和達利一樣留著比臉還寬的W型鬍子，蒼白的嘴唇露出職業笑容。

不對勁。他看起來就像人偶劇裡會出現的金光黨。

達利鬍子伯身邊站著一名穿著緊身短洋裝的美女，拿著羽毛扇子在跳舞。

我的視線先停在達利鬍子伯身上，接著再看向那名華麗的美女。

美女發現我的視線，不知為何一臉驚訝地回看我，再躡手躡腳地跑到陰影處躲起來。

「歡迎光臨！歡迎光臨！」達利鬍子伯不斷重複這句話。

「請問這裡是哪裡？」

仔細一看才發現這裡是一棟灰色的老舊建築物，我似乎是走進了它的大廳。大廳裡張貼的西洋電影海報看起來很古老，販賣部有些寂寥，長沙發的填充棉花還露了出來，玻璃門從內側看過去是左右顛倒的金色字樣寫著「蓋勒馬影戲院」。

「蓋勒馬，影戲院？」我不知道什麼是蓋勒馬，更不知道什麼是影戲院。

響遍商店街，類似民謠的背景音樂「嗚啦啦」很明顯就是這蓋勒馬影戲院播放的。

（嗚啦啦，蓋勒馬影戲院）

總之我朝他微微一笑。

「嗚啦啦」的歌聲突然中止，發出巨大的蜂鳴器聲響，我整個人真的嚇到跳起來。

「來來來，趕快買票，不趕快就要開始了！」達利鬍子伯瞪大渾圓的眼睛，大聲地催促我。

買票是要買什麼票？不趕快又是什麼要開始呢？

我為了逃避達利鬍子伯的大眼睛和嘴巴，趕緊打開錢包，買下他遞給我的票券，朝黑暗中走去。

＊

原來蓋勒馬影戲院是電影院。這裡和我知道的電影院不一樣，既狹窄又陳舊。

（我明明是來跟蹤爸爸的，為什麼會坐在這裡看電影呢？）

結果因為連續嘆太多氣，竟然有點換氣過度。

「唉！」但還是忍不住發出一聲嘆息。

坐在我前面兩排的銀髮族觀眾轉過頭來看我，一臉紅潤的他並沒有責怪的意思，似乎是個親切的人。他溫柔的表情打動了我，我不斷向他點頭道歉。

除了我之外，觀眾就只有這位老伯伯。達利鬍子伯應該是電影院的員工，我終於理解他為何會逼迫我買票。

（唉。）

在車站目擊爸爸外遇，一時衝動跟到後車站，最後還蹺課在這裡看電影，對於活到十六歲從沒做過什麼逾矩行為的我而言，可說是不得了的大事。我做了壞事，我是不良少女，我沒救了。

與不甚寬敞的觀眾席相對的銀幕上，美麗的不良少年、少女說著如歌唱般悅耳的法文。黑白電影中傳來輕緩的爵士樂，演員們以優雅的語言發怒、低語——總之就是一直在講話。

可是好無聊。

我從後背包的口袋裡拿出手機，開始看先前下載的舊小說，但也沒讀進腦中，只是一直如字面所說的——看而已。如詩詞般的文章，不斷從我眼前流過，古老的故事節奏，不消一刻便令我陶醉。當我沉醉在我熟悉的電子書之中，突然覺得銀幕中說個不停的法文變得好真實，簡直就像不會擾人的音樂一樣好聽。

「喂，妳！」沙啞聲音在我耳邊低語。

啊，法文聽起來既冷淡又迷人。

「妳居然在看手機？」

「啊？」

對我呢喃的不是銀幕裡的法國人，而是日本人，身穿尺寸稍大的襯衫、邋遢牛仔褲的年輕男子，雖然不是法國人，有點長的頭髮和大概是因為近視而瞇著看我的眼睛都跟演員一樣美麗，直挺挺的鼻子可媲美漫畫裡的美男子，還有那瘦削的臉部線條、薄薄的唇型……

「妳過來一下。」

我還在心裡不斷讚美著，這名比銀幕裡的法國演員更俊美的帥哥粗暴地抓住我的手臂，另一隻手拎起我的粉紅色後背包，將我拉了出去。

「等、等一下……」

「要抱怨出去再說。」

「我豈敢抱怨……」此時，我已愛上這名怒氣沖沖的美男子了。

初戀、初戀，這個我一直以為人只有在說季語（譯註：日本俳句當中表現季節的字詞。）或是語帶雙關的笑話時才會提到的字眼，沒想到我也迎向此生最初的戀愛了。

＊

他形狀美麗的嘴唇不斷吐出凶惡的話語：

「妳為什麼一定要在電影院裡傳訊息？這種發光體會影響到別人啊。妳是想跟製作電影的從業人員、看電影的觀眾和播電影的戲院為敵嗎？妳明白事情的嚴重性嗎？」

達利鬍子伯叫我喜歡的這個人「有働君」。我的耳朵已經聽不見剛剛大聲播放的嗚啦啦之歌，滿心專注在有働先生的聲音當中。

「妳也說說話啊？長得可愛卻這麼厚臉皮。」

「你說我可愛？」

「居然只聽到這個字？太扯了。」

為什麼連生氣的側面都這麼帥呢？他給人的感覺是神經質、彆扭、個性差，卻又真誠、有責任感和自尊強大。五官端正、身材是瘦得恰到好處，該有肌肉的地方也有肌肉，沒打領帶，髮型也很隨性，雙腿細長，單眼皮和聲音有些沙啞。

（啊啊……）

愈看愈覺得他就是我心目中完美的男性。他語帶怒氣的聲音愈聽愈像來自天庭的樂聲。

「啊，有慟，就別再念了吧。」

美男子有慟先生是電影放映師，達利鬍子伯則是蓋勒馬影戲院的經理。辦公室裡還有一個人，就是剛剛看到的緊身洋裝美女，大概二十出頭，身高跟我差不多，約莫一百六十公分，對於與性感二字沾不上邊的高中生而言，她簡直就像畫裡的美女。

「……」

這名美女不像她華麗外表張揚，低調地保持沉默，站在長沙發後方，伸著雙手搭在經理肩上，像是靠在經理身上。

經理有時候會小聲地對著美女叫「真理子」，大概是在意我和有慟先生的眼光而害羞吧，他們看上去感覺應該是夫妻。

身穿緊身洋裝的真理子小姐並未插嘴，只對我微笑。

「有慟，這位小姐不是傳訊息而是在看書，你就原諒她吧。」

「我叫堇——楠本堇。」我趕緊若無其事地報上姓名。

「而且你說的其他觀眾不就只有丹野先生一個人而已嗎？這部電影丹野

先生少說已經看過十次了，就算這位小姐——楠本菫小姐的手機發出亮光或是雷打到電影院，他早就把整部電影背得滾瓜爛熟了。」

「可是經理，這不是重點吧？」

有働先生一副沒講完還要再繼續念我的樣子，不過他眼睛往上瞟了一眼牆上的時鐘，便迅速衝上辦公室一角的樓梯，他跑動的時候沒有發出任何的腳步聲，行動輕盈。

「有働先生是去哪裡呢？」

「電影快要播放完畢了，放映師這時候特別忙。」

經理邊撚著他的達利鬍，邊看向有働先生衝上去的樓梯。樓上是放映室，也就是有働先生的城堡吧。

「他這個人工作時很嚴肅，還請小姐不要介意。」

「我叫楠本菫。」

「哦，小菫，嗯嗯。」

經理隨口應了我，同時伸手轉動電視的開關。厚重的映像管電視沒有遙控器，上頭還放了個鐵絲做的蝴蝶結型室內天線。

「失蹤的XXX是房屋改建修繕工程公司的業務，由於之前曾經被投訴有強迫推銷的情事，已被列為問題人物，嚴加注意，而此次的失蹤案件也有相同的情況……」

無法順利接收數位訊號的電視不時發出令人懷念的沙沙雜訊聲，播放著中午的新聞。畫面上出現的是遭到無良業務員強迫推銷的受害住家。門口貼了印有企業標誌的貼紙，對著鏡頭的年輕播報員聲音中飽含怒意。

「被貼上這個貼紙就表示這戶容易受騙，也就是所謂的『肥羊貼紙』，只要和無良業者簽過一次約，對方就會在受害人家的門口貼上這張貼紙，其他無良同業也會根據這張肥羊貼紙，一個個找上門來。」

鏡頭放大特寫肥羊貼紙，上頭的圖案是呈現無限循環的莫比烏斯帶（Möbiusband）上，有兩隻諷刺漫畫風的鶴與龜在互相追逐。

「感覺好可怕喔。」一直靜靜微笑的真理子小姐這時候第一次開口，經理也一臉嚴肅地點點頭。此時，我們發現有客人倒在影廳的出口，原來是剛剛一個人包場、姓丹野的老伯，就是那位我連故事概要都說不出來的法國電影，他卻已經看過十次的常客。

「糟了糟了，丹野先生您沒事吧？」經理從辦公室裡衝出去，我在他身後不經意地望去，發現這名老伯手握著杯裝酒一逕地笑著。

「丹野先生您又喝醉了？我不是說過好幾次，不准帶酒來喝嘛！」

「不好意思、不好意思。」倒在地上的丹野先生舉起一滴未灑的杯裝酒，對我們作勢乾杯。

「我送丹野先生出去。」經理背起絲毫不知反省、繼續乾杯的丹野先生，朝我們揮動另一隻手。真理子小姐也舉起瘦巴巴的手回應。

「唉。」看他們如膠似漆的樣子，我想起自己相敬如賓的父母，對於有働先生的思念也更加深切，不禁深深嘆了一口氣。

「小堇……」真理子小姐第一次呼喚我的名字，泡了一杯即溶咖啡給我。她悄悄地走來長沙發前面，有些不好意思地在我身邊坐下。

「如果妳不想說的話，不回答也沒關係。」

「是。」

「小菫喜歡有働對嗎？」

我沒意料到她會問這件事，忍不住將剛入口的咖啡噴出來。

我和真理子小姐兩人同時發出哀號，也異口同聲地向對方道歉。

對不起，對不起。

對不起，對不起。

真理子小姐低頭道歉時一不小心撞到咖啡杯，可是杯子卻一動也不動。

＊

我離開蓋勒馬影戲院之後，前往海濱公園。

那座小公園位於海邊，有假山、廣場，漆成粉嫩色彩的動物模型和遊戲器具圍成半圓形。我坐在假山上的長椅，海風吹拂我的背，再吹向淡藍色的攀爬架。

我吃了便當，呆望著快走的人、出來散步的狗來打發時間，直到傍晚。我今天蹺了一整天課，但這已經不算什麼了不起的大事，因為我愛上了有働先生。

晚上，不知有多少年沒回家吃晚飯的爸爸竟然在晚餐時間回家，我也做好了心理準備，那就兵來將擋，水來土掩吧。

「這是給小菫的禮物。」我們沉默地吃完晚飯之後，爸爸給了我一個禮盒。爸爸從來不曾在出差回來時帶禮物給我，八成我今天早上跟蹤他的事情被發現了吧？我戰戰兢兢地收下。

「這是？」爸爸送我的是裝在橘色紙盒裡的洋娃娃。

上光的厚紙盒開了窗，可以看見裡面裝的是約莫二十公分大小的洋娃娃，長得雖然很可愛，但笑容有點詭異，一看就知道是莉卡娃娃（譯註：日本知名的玩具人偶，類似芭比娃娃。）的仿冒品，紙盒上印了「蜜卡娃娃」的字樣。

再怎麼說，做了虧心事被發現而想討已是高中生的女兒歡心，也沒有人會送莉卡——不，蜜卡娃娃吧。

「謝謝。」我努力擠出笑容，偷偷瞄了媽媽一眼。

「……」媽媽還是一樣沉默。

我想媽媽可能早就發現爸爸有外遇了。楠本家的女人直覺總是異常敏銳，這麼說來，可能沒多久就會發現我今天蹺課吧。

（希望媽媽不要發現。）

我實在是坐立難安，只好趕緊上樓，逃回自己的房間。環視了整個房間之後，把蜜卡娃娃放在書櫃的一角。

我在沒開燈的情況下開了窗，庭院裡綻放的花朵香氣飄進房間裡，路燈微微照亮花壇，白色的百合在燈光下顯得格外美麗。

「唉。」我又嘆了一口氣。

坐在桌前，打開上學用的後背包，不過今天我沒去上學，所以當然也沒有功課，電腦跟手機都沒收到聯絡，讓我安下心來。

「唉。」我又再次大聲嘆一口氣，這才覺得擺脫了剛剛在樓下時的尷尬心情，不過蓋勒馬影戲院的嗚啦啦之歌還一直在耳朵深處響著，在腦中不斷重複。

（有勳先生還在工作嗎？辦公室樓上——那個叫做放映室的房間，是什麼樣的地方呢？要是我能一直待在有勳先生身邊，該有多幸福？）

爸爸今天早上跟那個女人在一起也是這麼幸福嗎？

一不小心想到這事，難得的幸福感也陷入憂鬱的泥沼中。我趕緊把爸爸跟情婦的身影趕出心房，重新喚回記憶中那古色古香的蓋勒馬影戲院，努力回想有勳先生生氣時的側臉，那張好美好美的臉。雖然有勳先生生氣時也很帥，但要是他能笑著對我說話，我一定會更高興。

如果他願意叫我的名字，我真的會很高興。

（要是能在蓋勒馬影戲院工作，該有多好啊。）

一直到進入夢鄉之前，我都不斷思考這件事，忘了玩每天用來代替數羊的一人文字接龍就睡著了，那是我近一個月來第一次睡得這麼香甜的夜晚。

2　因為我看得見幽靈

第二天，我抱著一堆點心造訪蓋勒馬影戲院。

蓋勒馬影戲院在後車站的商店街上有兩個入口，面對商店街的左邊是一號館，右邊是二號館。

二號館平常不開放，再次造訪的我卻誤闖二號館，經歷了可怕的遭遇。二號館的格局和一號館一樣，可是大廳裡堆滿了壞掉的椅子、馬戲團小丑踩的大球、大鼓和會在後台休息室看到、滿是燈泡的化妝台等等，根本沒有空間可以走路，一路堆到大廳旁邊的辦公室裡，掛滿裝飾著羽毛或是金色刺繡的衣服，厚厚地蓋著灰塵；蜘蛛從網子垂吊下來；小丑娃娃的臉是僵硬的驚訝表情。

這裡到底是哪裡？既像迷宮，亦如夢幻世界，也像個倉庫。一團混亂之中，我終於發現這裡的辦公室位置、賣票的櫃台等等都和昨天左右相反。我才剛察覺此事，突然瞄到亂七八糟的雜物中有個綁著頭巾的怪人，嚇得放聲大叫。

「您哪位呢？」

聽到他的聲音，我才想起那個越過這堆雜物看著我的人是誰。圓滾滾的眼睛和鼻子底下呈現W型的鬍子——他正是昨天的經理。

「小姐您怎麼會來這邊呢？二號館歇業中喔。」

「對不起，我叫——楠本堇。」

我像是迷路的孩子，讓經理拉著我的手，重新走向一號館。

＊

「我來為昨天的事情道歉。」

聽到我這麼一說，經理原本就圓滾滾的眼睛更是瞪大得跟個盤子一樣，有慟先生則是瞇起眼睛看我，感覺得到他的不屑。

「妳今天也蹺課來看電影？」經理原本帶著懷疑的眼神突然變得溫柔，

問我：「妳喜歡電影嗎？」
我本來想使出少女專業的微笑點頭大絕招，有働先生卻擅自斷言說：「怎麼可能？」臉色也愈來愈臭。他不發出聲響地在辦公室裡走來走去，最後轉過頭來，挑起一邊的眉毛對我說：「其實妳是逃學吧？」
「咦？」一旁的經理像是要確認身穿高中制服的我是否真的逃學，從頭到腳仔細審視我。
「妳真的逃學了嗎？」
「……」
果然逃學就是問題學生嗎？
問題學生會被抓到教務處去，家長也會被叫去學校，讓所有親戚臉上無光。
「呃，今天真理子小姐不在嗎？」我趕緊轉移話題，環視四周，像是小學生要過馬路一樣，先看看右邊，再看看左邊，然後又看看右邊。第一次轉頭時明明沒人坐的長沙發上，再一次向右看時卻發現真理子小姐的身影，她正打開我帶來的栗子饅頭，開心地搓著瘦巴巴的手。

怎麼回事？

我歪著頭思索的同時，站在我身邊的經理還是很在意逃學一事。

「我看還是跟學校……」

當經理正要說出跟學校聯絡這種可怕的話時，對著大廳的小窗子突然打開，一名臉色蒼白的男子站在窗前，故意大聲咳嗽想引起大家的注意。

經理的注意力果然被那名男子給轉移，我也放下心中的一塊大石頭。

「有什麼我可以效勞的嗎？」

經理轉過頭去，將抹過髮油的後腦勺對著我，朝客人恭敬行禮。

「請問下次上映是什麼時候？趕得上我的尾七嗎？」

尾七？我好像在哪裡聽過這個字，應該是在參加某人的喪禮時，從姨婆口中聽到的。

真理子小姐見我一臉不解的樣子，笑瞇瞇地朝我走過來，說：「謝謝妳的伴手禮。」

聽到她向我道謝，我又飄飄然了起來。有働先生很帥，經理人也很好，見到真理子小姐總是讓我放鬆。

（如果可以跟真理子小姐當朋友，我一定會無話不說。）

可能是感受到我的心情吧？真理子小姐微笑地對我說：「我來泡茶吧」一邊拿起裝粗茶的罐子。

「啊，茶葉用完了。」

真理子小姐穿越狹窄的辦公室，走向存放茶葉的置物櫃。就在此時，我眼前出現不可思議的光景——真理子小姐居然直接穿過注意力被經理與客人吸走的有働先生。

（咦？）

我眼前的有働先生彷彿3D立體影像，真理子小姐就這麼穿過他的身體。

（這究竟是怎麼一回事？）

我呆望著有働先生。仔細想想，真理子小姐從來不會向有働先生搭話。

雖然這麼說很沒禮貌，不過這間辦公室真的是有夠狹窄，然而有働先生卻能無聲無息地敏捷移動，就連他煩躁地走來走去時，順暢的腳步還是一點聲音也沒有。

（嗯嗯嗯。）

我的視線再次回到有働先生老大不開心的側臉和經理頭髮一絲不亂的後腦勺。從經理細瘦的頭部輪廓都還能看到他的達利鬍尖，那模樣也真是有夠奇妙。

（再加上剛剛的客人提到了「尾七」。）

啊！我想起來了，那的確是喪葬用語。

跟我很要好的七枝阿姨去世時，我也在喪禮上聽到好幾次這個字，死去的人最後會停留在陽間七七四十九天，尾七是指第四十九日。

（換句話說，這裡是……）

幽靈電影院？

真理子小姐是唯一的活人，電影院的員工和客人都是幽靈吧？

所以，我初戀的對象是，幽靈？

（怎、怎麼會這樣!?）

我的腦袋一團混亂，無法思考。

我用力搖了搖頭，真理子小姐發現後走過來問我：「妳肩膀痠痛嗎？」

還幫我按摩肩膀。她大概是氣血循環很不好吧，雙手的冰冷透過制服，傳遞到我身上。

（但是！）

緊張得全身僵硬的我接受真理子小姐的按摩，邊回想起那天在電車上看到的紋白蝶與那名老紳士的事，我親眼目睹老紳士的靈魂和飛出窗外的蝴蝶在瞬間一起消失。

（對我而言，這也不是不可能的事。）

事實上，我之所以一直蹺課，正是因為我看得見幽靈。

＊

吃完自己帶來的栗子饅頭和金鍔燒，我很自然地買了電影票，坐進蓋勒馬影戲院的觀眾席。

銀幕放映的是昨天的同一部法國電影。

（如果有慟先生是幽靈的話……）

雖然思緒和昨天一樣混亂，但是看著熟悉的電影和坐進燈光已暗下來的觀眾席，心情慢慢地沉靜下來，然而隨著心情沉澱的同時，也愈來愈沮喪，毫無辦法。

因為我回想起今年春天發生的事：在我上高中的第一次班會時，老師要我們自我介紹。

那時老師原本拿了點名簿正要離開教室，突然轉身淡淡地對大家說：「明天第五節課開班會要自我介紹，請大家先準備好要說的內容。」

班上同學聽了之後也是左耳進右耳出，不是收拾書包就是繼續聊天，只有我的心情因為老師的一句話而變得非常沉重。我不是很擅長介紹自己，不知道該怎麼說才能顯得不卑不亢，還給大家好印象。我是家中的獨生女，也沒有青梅竹馬的朋友，從小就是陪著已是成年人的親戚一起學手工藝或是去買東西，不知道該怎麼交朋友。

「我的興趣是一個人玩文字接龍，喜歡的動物是狐猴。」

愈擔心，就愈覺得自己講的話很奇怪。

「巨蟹座O型上半年的運勢……」我翻閱著楠本觀光集團社內刊物的占卜專欄，上頭寫著：

眾人齊聚一堂時，是妳發揮神祕能力的機會。

告訴大家妳深藏已久的祕密吧，也許能夠得到超乎期待的成果。

神祕的能力、深藏已久的祕密。

「有了！」

坐在客廳的沙發上，恍然大悟的我拍了一下手，於是放下心中一塊大石頭，以輕鬆的心情迎接第二天的班會，結果……

「我沒有什麼特殊才能，只是有時候看得到幽靈。」

我還是不帶一點自信、戰戰兢兢地自我介紹，自己都覺得愈講愈不對勁。

「譬如說，曾經有過這樣的事情……」

我最喜歡的七枝阿姨過世的那天，我在黎明時分看見她突然來到我的房間，以平常那般公事公辦的口氣向我道別：「總之我要走了。」離開人世的時候應該很忙，七枝阿姨卻特別來我家跟我道別，我覺得很開心，一點也不害怕。

「有時候在學校走廊或是廁所也會遇見幽靈，不知道大家也看得到嗎？」

雖然我也覺得自己「到底在講什麼啊？」，還是很努力地對著大家微笑，可是說到這裡，無論是認真聽的同學還是本來竊竊私語，聊得很開心的同學全都安靜了下來，原本在偷聽音樂的同學發現氣氛不對，向隔壁座位的同學問發生什麼事了。大家好像很怕這類的話題，突然齊發出近乎哀號的責難，而班導師卻像沒事人一樣，叫下一位同學上來自我介紹。

從那天的班會之後，我成為班上的異類。雖然原本上下學就都是一個人，現在卻發現無論什麼情況都沒有人接近我。下課時間是一個人，去實驗室上課也是一個人，體育課去更衣室時還是一個人。沒有同學和我一起吃中飯，也沒有人讓我加入聊天的圈子，原本在談笑的女同學，看到我靠近就閉上嘴巴；向大聲玩笑的男同學搭話，他也露出苦笑，不發一語。

只有一個人不會嘲笑我也不討厭我，相信我的特殊能力。她是班上一位名叫平井玲奈、長得很漂亮的女同學。

在她主動找我之前，我一直覺得彼此距離很遙遠。她是班上的風雲人物，我則是無人理睬。像我這種人，根本不可能主動找她講話。班上不分男女，大家都喜歡開朗又漂亮的平井同學，所有老師跟她講話時，態度特別親切。她對待任何人都一視同仁，撒嬌和玩笑的程度也拿捏得很好。

「楠本同學，下一堂是生物課，我們一起去實驗室吧。」

當平井同學對我這麼說時，我還以為是我聽錯了，因為已經整整兩星期，全班同學對我敬而遠之。

「楠本同學，如果妳沒帶便當的話，要不要一起去學校餐廳吃午餐？」

上午的課告一段落，我才剛要離開座位去拿便當，平井同學就小跑步過來找我。大家看到平井同學跟我說話，紛紛交頭接耳，竊竊私語。

平常老師也很信賴平井同學，大家都覺得她是接受老師的請託來跟我做朋友。

「楠本同學比較特別，玲奈啊，妳可以跟她講講話，幫她融入班上嗎？」

「我知道了。」

就連我都能想像老師和平井同學之間有過這樣的對話。雖然覺得有點受辱，但是有人對我好還是很高興。我藏起媽媽幫我帶的便當，和平井同學一起走向學校餐廳。

「是老師叫妳來找我吧？真是不好意思。」

我邊戳著放在塑膠托盤上的沙拉邊說，可是平井同學卻生氣了：「才不是呢，我看起來那麼像愛打小報告的人嗎？」

平井同學雖然語帶憤怒，臉上卻掛著笑容，接著又跟我聊起跑到她們家的野貓，又問我最想在街上遇到哪個藝人。

「我不太看電視……」

我像是自首似地回她，平井同學抬頭看著天花板很認真地說：「我想遇到瑪麗蓮夢露。」

「可是她已經死了吧。」

「就算死了，我還是想見她。」

平井同學用尖端做成叉子狀的湯匙舀蛋包飯，一臉認真。

「對了，楠本同學妳真的有靈異能力嗎？」

平井同學的表情既不是在揶揄我，也不是恐懼，好像在誇讚我的特殊才能，對這件事感到有興趣，這讓我有些得意。

「該不會現在餐廳裡也有幽靈吧？」

「嗯。」我做出通靈者會有的嚴肅表情，環顧四周，視野所及的是盛裝各式料理的盤子冒著熱氣，以及忙著聊天、吃飯的同學們，並沒有發現什麼奇怪的現象。雖然沒辦法當場證明自己的能力有點可惜，不過我還是裝模作樣地回答：「這裡好像沒有吔。」

「所以妳真的看得到囉？好厲害喔，不愧是有陰陽眼的人。」

「我們不是會說有些人的存在感很薄弱嗎？大概就是那種感覺。我遇到的多半是看起來跟一般人不太一樣，定睛一看就不見身影了。」

其實我有點說過頭了，因為從來沒有人覺得我很厲害，結果就一時大意，當時完全沒想到她等的就是這一刻。

「那，楠本同學，妳可以幫我一個忙嗎？」

平井同學突然朝我探出身子，我一時不知所措。這下子糟了，可是事到如今也沒辦法拒絕。

「如果我幫得上忙的話。」

「真的嗎？我可以相信妳吧？」

平井同學舉起像是三叉戟的湯匙，用力戳蛋包飯。

「我想請妳來我家驅靈，因為去年年底我奶奶過世……」

平井同學的故事愈聽愈具體而且嚴重。

我慌張地放下筷子，又是搖頭又是搖手。

「我雖然算是看得到幽靈，可是沒辦法驅靈。」

「妳剛剛不是說可以嗎？」

我沒有這麼說過。雖然我很確定自己沒說過會驅靈，但是當我說出這句話時，平井同學的表情變得非常可怕。

「騙子！」

平井同學突然站起來，撞倒椅子發出巨大的聲響，留下我和吃到一半的蛋包飯，就這麼走了。原本餐廳裡大家愉快地閒聊著，瞬間陷入一片沉寂。平井同學吃到一半的蛋包飯被戳了很多個洞，流出一堆如血般的番茄醬，看起來就跟我的心一樣。

下課後，我把放在置物櫃裡的便當偷偷倒進垃圾桶，媽媽精心幫我製作的便當被清得一乾二淨，最後在丟雕成長耳朵兔子狀的蘋果時，我覺得自己真是個不可原諒的壞孩子。

從那天開始，我的綽號變成「大騙子」。雖然沒有人很明顯地欺負我，可是大家對我的態度愈來愈差。原本自稱看得見幽靈時只是被當成怪人，沒有人接近我，變成「大騙子」之後更無視於我的存在了，於是我在班上變成了一個「不存在的人」。

「這裡是後車站嗚啦啦，對，街頭小巷嗚啦啦後車站嗚啦。」

電影不知不覺就結束了，常客丹野先生早就已經不見蹤影，燈光亮起的影廳開始播放「嗚啦啦之歌」。

我直接走向洗手間，鏡子裡映照出我哭腫的臉；背後的廁所門上寫著「故障！禁止使用！沖水後會一直流不停！」看到這個我本來想笑，結果眼淚反而又流個不停。

「那部電影真感人呢。」

耳邊突然傳來這句話，我嚇得跳起來。我小心翼翼地只轉動眼珠，才發現真理子小姐就站在我身邊。真理子小姐有些突兀卻又溫柔的一句話，為我心中膨脹的憂鬱鑽了一個洞。

「反、反正我也沒別的地方可去。」我站在鏡子前面哭著說，然而我的眼淚和抱怨都在瞬間被迫中止了。為什麼呢？因為我突然發現眼前出現了現實生活中不可能會有的景象。

「咦？咦？咦？咦？」我一時之間無法理解究竟是哪裡不對勁，看了看身邊的真理子小姐，再看看眼前的鏡子。

「啊！啊！啊！啊！」鏡子裡並沒有真理子小姐的身影！

昨天我覺得真理子小姐像是畫裡走出來的美女，原來是因為這樣啊——真理子小姐沒有影子，與她面對面就好像在看畫一樣，感覺像是在看錯覺畫（trick art）。

「啊啊，是我誤會了。」

剛剛在辦公室的奇怪現象不是真理子小姐穿過如氣體、似鬼魂的有働先生，而是真理子小姐如氣體、似鬼魂地穿過有働先生。

所以說，有働先生不是幽靈，真理子小姐才是。

「小堇，妳怎麼了？」聽到哭著的我說出意義不明的話，真理子小姐感到不知所措。

「呃，要是有什麼煩惱，就跟我們經理商量吧，他是我認識的男人裡，最值得信賴的一個。」真理子小姐蒼白的臉頰浮上紅暈，瘦巴巴的手抓住我的手臂。

我雖然號稱看得見幽靈，但也是第一次跟幽靈對話、第一次被幽靈抓住手臂。她的手跟人類一樣柔軟，只是非常冰冷。

（誰來救救我啊！）

真理子小姐帶著害怕的我，穿過幽暗的通道，前往辦公室。她這個人，呃，幽靈真是非常親切。

有慟先生這時候剛好從辦公室角落的樓梯走下來。

「……」

有慟先生一臉驚訝地瞪著哭著被真理子小姐帶到這裡來的我。

（但是……）

比起經理，我更想跟你商量啊。然而有慟先生並沒有聽到我的心聲，就這麼走出門了。我從他的態度發現他看不見真理子小姐。

*

我乖乖地回答關於學校的一切情況之後，經理撚著他的達利鬍對我說：

「妳那個同學有點過分，不，應該是可悲啊。」但是比起我的苦惱，經理更在意我的特殊才能。

「不過妳居然看得見真理子，真意外，不，應該是令我佩服。」

「經理不也很自然地跟真理子小姐在一起嗎？還是說你們已經結婚了？」

和幽靈結婚可是不得了啊。

我重新想想，發現自己剛才的發言實在是太驚人了，而經理聽到「結婚」兩個字，就顧不得我的存在，整個人害羞到不行，先是忸怩地遮住自己的臉，又忸怩地仰望天花板，又忸怩地打開電視機。今天的電視也播放昨天報導過的無良業務失蹤新聞。

「喔。」

我們三個人忘記眼淚也忘記害羞，盯著電視機，看得入神。

畫面中放映的是模擬畫面，說明無良業務員平常如何賣力經營詐欺業務。影片中找來前從業人員證實詐欺情事，及受害的老人控訴現在生活的窘境。

就在高潮即將來臨之際，突然進廣告，於是經理的注意力從電視機中的憂鬱，轉回眼前高中生的憂鬱。

「那妳接下來還要去上學嗎？跟父母討論過剛剛說的事情沒？」

「怎麼可能。」如果告訴我爸媽，就會搞得所有親戚都知道。我這個人毫無優點可言，完全不配成為楠本家的一員。家族成員各個都個性鮮明，尤其是統領楠本觀光集團的玉枝姨婆，要是知道我做出這種丟人現眼的事情……

我想起媽媽幫我帶的便當。被我倒掉的便當裡有個蘋果雕成的小兔子，埋沒在雞鬆和炒牛蒡裡，我在那蘋果兔子上看到自己。

可悲的人是我。

看得見幽靈就跟有過敏體質或香港腳一樣，雖不是什麼丟臉的事，卻也不值得在班會時拿出來說嘴。

「但是因為這樣，我們才能認識彼此啊。」

「是。」

「我明白了，不過妳一直不去上學也不是辦法。」

「是。」

「總之先來吃午飯吧。」

經理從桌上拔出一張邊邊摺到的厚紙，原來是附近中菜館的菜單。經理指著墨水被茶漬暈開的地方，動了動鬍子。

「好久沒吃麻婆豆腐蓋飯了。」

「你不是那天才吃過麻婆豆腐蓋飯的嗎？」

真理子小姐瘦巴巴的雙手抱胸，愉悅地探出身子看菜單。

「說的也是，那改吃蟹肉蛋包燴飯好了。也有點想吃什錦炒麵，但他們家還是乾燒蝦仁最好吃。」

「可是人家不喜歡吃蝦子。」

經理和真理子小姐拿著菜單你一言我一語地討論著，聽上去簡直就像新婚夫婦，到最後我們三個都決定點咖哩飯。外送的年輕店員笑著說：「你們又點咖哩啊？」

（啊？）

眼前一個說「我不敢吃醬菜」，另一個則接口「我最喜歡咖哩配醬菜」就把對方的夾走的兩人，一位是留著達利鬍的怪阿伯，另一位是幽靈。真理子小姐就像沒有影子的錯覺畫，開心地吃著咖哩飯。

我邊咬著清脆的蕗蕎，重新思考眼前的現實。真理子小姐是幽靈、她的丈夫是戲院經理，這有什麼不對嗎？

沒有，完全沒問題。

我與他們非親非故，他們卻為我這個蹺課的壞學生擔心、安撫我的情緒，對於這兩個親切的人，我只有滿心的感恩之情。

（我一定很喜歡他們倆。）

如果身邊的人感情都很好，我就不用一個人孤單地玩文字接龍了。在我得出這個結論之時，有働先生正好回來，默默地爬上黑暗的樓梯。沒多久，大廳又播起嗚啦啦之歌。這首歌的正確歌名是〈後站商店街音頭〉（編按：音頭是日本傳統歌謠的一種歌唱型態，主要歌詞由主唱者獨唱，其他人一同吆喝或合音，常出現在演唱傳統祭典、舞蹈歌曲），也是放映前影廳裡的背景音樂。有働先生似乎在為下午的場次做準備。

「原本應該播放和上映電影有關的音樂，但是我們畢竟也要配合商店街……」

「呃，這首歌很傳統呢。」

「這歌是戰前盂蘭盆節舞的配樂，CD是十年前錄的。」

「這首歌的主唱今年剛過世，是位名叫山田火星的素人歌手。」

「他是這條商店街的人喔，就是山田旅館家的小兒子。」

「啊！是自治會會長家的小兒子嗎？」

「他一邊幫忙家裡經營旅館，同時也自己花錢錄CD或是參與小劇團的演出，而且還兼神主喔。」

「神主是什麼意思？是負責供奉神壇或是佛龕的人嗎？」

我忍不住開口詢問，真理子小姐和經理聽到我的問題都笑了。

「神主是指會召喚幽靈、為人祈福、消災解厄的人。」

「我因為遭人殺害而變成怨靈，好險那時候沒聽到這首歌，要不然一個不小心就被超渡了。」真理子小姐脫口說出悽慘的過去。

「妳這樣的美女怎麼可能光聽歌就被超渡呢？」經理豪邁地哈哈大笑。

「火星的功力沒那麼高強，不過是個樣樣通，樣樣鬆的傢伙，不管做什麼都很差勁，只有這首歌算是他的傑作吧。」

「嗚啦啦的部分很適合跳舞呢。」

我留下愛東聊西扯的兩人，將用完的餐具洗乾淨後留下自己的那份餐費。雖然經理說「不過是一盤咖哩，我請妳吧」，可是上午的客人只有丹野先生和我，下午一個人也沒有，拒絕經理的好意固然失禮，但若是讓經理請客而害得蓋勒馬影戲院倒閉那可怎麼是好，然而這種事又不能直接說出口，就在我正苦惱時，有個客人上門來敲辦公室的窗戶。
「請問下次上映是什麼時候？趕得上我的尾七嗎？」
那名男子上午也來過一趟。如果我沒記錯，他一字不差地問了和上午一樣的問題，心急地朝辦公室裡看。
（啊！）
我下意識地望向這位臉色蒼白的客人，下一秒倒抽了一口氣。
這位客人也沒有影子，他和真理子小姐一樣，不自然的模樣令人聯想到錯覺藝術。但是他跟真理子小姐不一樣的是他的臉色更差，而且非常不安。
蓋勒馬影戲院說不定是個可怕的地方，但是我也不去追究到底是什麼讓人感到可怕，對著經理的背影一鞠躬，「我差不多該回家了。」小聲地道別之後，走出蓋勒馬影戲院。
儘管吃午餐耗去了一些時間，時針還沒走到兩點的位置。
「不過妳一直不去上學也不是辦法。」經理說得一點也沒錯，我知道。
我垂頭喪氣地穿過後車站的商店街，雨滴打在我因低頭而露出的後頸部。

小雨下了一陣子，我還是和昨天一樣跑去海濱公園。比起在擁擠的人群之中，無人煙的空地使人更加寒冷，我跑進靠海邊的涼亭，雨勢變得更大了。

「……」

我從上學用的後背包裡拿出一本薄薄的攝影集。攝影集小小的可以放在掌心上，比正方形稍微寬一點，封面上瞪著大眼睛的狐猴傻傻地看著我。這是好幾年前媽媽的堂姊——七枝阿姨借我的攝影集。七枝阿姨因一場突如其來的疾病而撒手人寰，就算我想還也沒得還。

位居楠本觀光集團經營高層的七枝阿姨和傻呼呼的我有一項小小的共通點：我們都好喜歡好喜歡這種棲息於南方島嶼的小猴子。

（七枝阿姨也許去了狐猴棲息的南方島嶼也說不定。我也能去這些狐猴棲息的島上嗎？在那氣候溫暖的南方小島上，只有七枝阿姨和狐猴，沒有別人……）

但也沒有有働先生。我陷入深思。

「那就糟了啊。」

我把狐猴攝影集收進包包，拿出便當盒。無法拒絕午餐邀約的結果就是到現在還帶著便當。

（還是吃了吧。）

也許是因為發生太多事情，剛剛吃的咖哩飯又全都消化完畢，我仔細品嘗了媽媽幫我帶的便當。

（媽媽對不起，之前丟掉妳做的便當。）

雨滴在海面上畫出無數的圖案，而我只是一直凝視著這片海直到夕陽西下。

＊

該來的總是會來，那天晚上就來了。

我說的是嫡家的玉枝姨婆。姨婆今年八十五歲，是名女強人，對楠本家所有人、對楠本觀光集團的相關人士而言，她是全世界最可怕的人。

「董、董事長。」

不是開玩笑也不誇張，出來迎接姨婆的父親整個人癱在玄關的踏腳墊上。

無論是全球經濟動向還是鄰居間的謠言，沒有一件事能逃過姨婆的法眼，她總是能看穿身邊的所有事情，至於她為何有如此本領，則是個謎。

因此對於搞婚外情的父親而言，楠本觀光集團的最高權力者突然造訪是非常可怕的事情。

「哼！」

姨婆無視父親，逕自走進客廳來。她穿過拿著湯勺、嚇到啞口無言的媽媽身邊，腳步停在坐在沙發上看狐猴攝影集的我面前。

「姨、姨婆。」瞞著大家蹺課的我也在沙發上動彈不得。

身著深色和服的姨婆逆光站在我面前，顯得更有威嚴。

「小董，告訴我為什麼妳不去上學！」

啊啊，我陷入空前危機！原來姨婆是來問我為什麼逃學。

不知道女兒逃學的雙親在遭到一陣痛罵之後，無法反駁，只得後退。

「燒焦了！」姨婆皺起她細小的鼻子，舉起助行的枴杖朝廚房一比。果然是再小的事都逃不出她的法眼。

媽媽拿著湯勺，趕緊跑回廚房。

姨婆瞪視留在客廳的爸爸一眼之後，再度將視線移回我身上。

「小董，為什麼不去上學呢？告訴姨婆原因吧。」

「因、因為……」我一時語塞。

明明蓋勒馬影戲院的經理一問，我就脫口說出一切，然而我卻沒辦法向姨婆開口。姨婆雖然嚴格，但是也非常為自己人著想。她會來問我原因，與其說是生我的氣，我想更因為是她想來幫我解決問題。

可是……

（說好聽是解決問題……）

姨婆除了為自己人著想之外，也很喜歡血洗敵人。

聽說平井家是我們這一帶的連鎖超市企業，如果讓姨婆氣到要為我報復，極有可能會像現在一樣舉起枴杖大喝一聲：「讓它倒！」接下來平井同學就糟了。

想到這裡，不知該如何是好的我大喊一聲：「我、我想去工作！」這發神經似的、突然衝出口的話雖然讓我自己嚇了一跳，然而這也不是謊言。不過既然連我都很吃驚，父母和姨婆當然也瞠目結舌，久久無法回神。

「小堇，妳知道自己在說什麼嗎？」

「逃學可是會變成問題學生啊，妳才高一，現在就走偏，未來是要怎麼辦？」

父母一起拔高聲量罵我，難得看到這兩人有意見一致的時刻，我一時忘記自己的處境，來回看著他們。

這時候，姨婆突然開口，中氣十足。

「走偏？原來如此，那也不錯。」

我和父母一起驚訝地發聲：「啊？」

「以前人說『少年易老學難成』，我才不這麼認為。想念書的話，年紀大了也可以念。比起念書，小堇在這個年紀學會面對挫折也許反而是好事，就是因為年輕才更能面對挫折。妳看看妳父母，這把年紀才遇到挫折，不是很辛苦嗎？」姨婆瞄了父親一眼，若有所指地輕哼一聲。

姨婆果然發現爸爸外遇的事了。我緊張地看著爸爸察覺姨婆發現而緊繃的表情。

「挫折是青春的必修學分。小堇，妳從明天起就出社會，徹底體驗挫折。」

「姑姑，可是小堇才剛上高中。」

「是啊，董事長，既然小堇都逃過學了，要體驗挫折就在學校體驗吧。」

看到姪女夫妻拚命反駁，玉枝姨婆也露出本性，大喝一聲：

「不准說這些不通情理的話！你們這樣也算為人父母嗎？」

但是玉枝姨婆轉過頭來面對我時，已換上滿面的笑容。

「小堇，明天開始就別去上學，來幫我提公事包吧？」

「可是姨婆，我想去一間叫做蓋勒馬影戲院的電影院工作。」

渺小的我居然敢向玉枝姨婆說「不」，是奇蹟，也是衝動之舉。害怕等一下玉枝姨婆會大發雷霆的爸媽趕緊躲到沙發後面避難。

但是姨婆用食指撥了撥劉海，點點頭說：「好啊，那就這麼決定。」

3　姨婆與蓋勒馬影戲院

第二天一早姨婆就來到我家。

她看了看我家剛上桌的早餐，一一點評每一道菜，但她看起來心情很好，還難得地穿上洋裝。令人聯想到哥德蘿莉的洋裝搭上毛海披肩——雖然這麼說很沒禮貌，但不知為何很適合姨婆。

「姑姑要不要和我們一起用餐？」

媽媽不情願地邀請姨婆共進早餐，姨婆嘴上嫌著「讓我吃這種東西，是想讓我早死嗎？」不過看起來還是滿高興的。

「街頭小巷嗚啦啦後車站嗚啦……」

聽到姨婆哼唱著蓋勒馬影戲院播放的〈後站商店街音頭〉，我忍不住直盯著姨婆看。

「難道姨婆去過蓋勒馬影戲院？」

「嗯，以前去過好幾次。我從女高畢業時，也去那裡看了洋片。那是戰爭剛結束的隔年，很辛苦的時代，還有無家可歸的小孩偷偷跑進戲院，把銀幕給弄破了。聽說後來是拿擦鞋的抹布來補，結果我們在縫補過的銀幕上看電影，就連漂亮的女演員臉上都像科學怪人，是美是醜都不知道了。」

姨婆說完「那都是昭和二十一年的事情了。」便自己呵呵大笑了起來。

姨婆懷念過往的同時，也速速把早餐吃完了。拿著筷子聽得入迷的我這時候才回過神來，趕緊把飯扒進嘴裡，結果被姨婆罵「吃相真難看！」

＊

「我們家的孫女今後要拜託您照顧了。」

姨婆在蓋勒馬影戲院狹窄的辦公室裡，朝經理輕輕地點頭致意。正確說來，我是姨婆弟弟的孫女，不過姨婆就這樣隨意帶過了。

「這個，請您笑納。」

姨婆遞上一包厚厚的紅包給經理，看來似乎是能裝進多少鈔票就全裝進去的厚度，在裝飾著繩結的紅包正面寫著「謝禮」二字，背面則註明了金額。

「哇！」

經理驚愕地喊了一聲，接著趕緊把紅包收進懷裡，然後單手高舉至頭上再向下轉圈並單膝跪下，朝姨婆行了個中世紀騎士的最敬禮，那動作有如行雲流水，有點帥氣。

「那是讓這個孩子來這裡學習面對人生挫折的學費。」

經理似乎一點也不在意姨婆毫不客氣的發言，搓著手說：「您說得是。」這模樣就很不帥氣了。

先不管錢的事情，總之結論是我可以在這裡打工。就算只是應徵打工也得準備履歷，我在興趣欄填的「看電影」雖然是說謊，但是特殊技能一欄倒是老實寫下「看得見幽靈」。儘管我預想姨婆檢查時會訓斥我「別開玩笑！」結果她卻只是稍微挑起眉毛說了聲「嗯」。

經理收下姨婆遞交的履歷，看也不看就收進保險箱。

「呃，您要不要確認一下內容……」

我忍不住在後面提醒，經理卻只是對我眨了眨他圓滾滾的眼睛。

「大小姐，您無須掛心。」

經理拍了拍放紅包的外套內袋，堅定地點點頭，然後再轉向姨婆，又行了一次騎士禮。即使動作這麼大，但他W型的鬍子都還不會亂，真是了不起。

「讓我向您介紹敝電影院。」

經理恭敬地引導我們參觀蓋勒馬影戲院。

「目前二號館暫停營業，請參觀這邊的一號館。」

一進門，眼前就是大廳，靠牆放著一張黑色合成皮革長沙發；角落設置了粉紅色的簡易公共電話，一不小心就忽略它的存在。另外還設有販賣部及賣票窗口，最裡面則是影廳的入口。

大廳右後方是辦公室，僅兩坪多的狹小空間裡，塞了接待客人用的桌椅、經理的辦公桌和置物櫃，置物櫃上方是十四吋的映像管電視機、七福神、招財貓、十二生肖擺飾、魚缸、假花和空的底片罐等等。通往我最想去的地方——放映室的樓梯就在辦公室裡。

放映室是有慟先生的地盤，我從來沒有進去過，因此我偷偷期待今天可以趁機參觀，然而另一方面，我也很擔心姨婆會不會在有慟先生面前做出什麼事情。

「這間辦公室真是又髒又亂。」

姨婆毫不客氣地批評，我跟在後面一直鞠躬道歉，但是經理看起來一點也不在意。

「這邊是化妝室，中間的廁所雖然故障了，不過我們正在積極修理，另一邊是男用的洗手間。」

「誰要看男人上廁所的地方，趕快往下一個地方，快。」

姨婆朝影廳的方向抬了抬下巴。

有上百個座位的影廳古意盎然，我到目前進去過兩次。天鵝絨座椅已經磨破，鼓起的正中央讓人坐著坐著屁股就痛起來；幕簾也已經老舊到分不清楚是什麼圖案和顏色。姨婆看著這番景色，顯露出寂寞的神情。

「這裡變得很老舊呢。」

「不好意思，讓您見笑了。」

「那裡就是放映室吧？」

姨婆抬頭望向影廳後方的牆壁，我心頭小鹿也亂撞個不停。

「讓我瞧瞧吧。」

姨婆逼迫經理帶她去看放映室，跟在背後的我在心裡比了一個小小的勝利手勢，但是真正進到放映室前果然還是費了一番功夫。

我們爬上從辦公室通往放映室的老舊樓梯，打開因老舊而喀喀作響的門扇，可是門才一打開，有働先生立刻阻止我們進入，原來問題出在姨婆身上的毛海披肩。

「底片和機械會沾上灰塵。」這就是我們不得其門而入的理由，原來如此。我站在大家背後，窺視放映室內部，雖然放映室也和電影院裡其他空間一樣古色古香，卻打掃得一塵不染。我這才知道原來會損傷底片的灰塵對於放映師而言，是不共戴天的仇人。

但是姨婆就算被拒於門外又被稱為灰塵的化身，也不輕言放棄。

「不讓我看放映室，我就不讓孫女在這裡打工。」

「她不在這裡打工，對我也沒差。」

「有働！有働！有働！」

看到姨婆擺出「謝禮還我」的手勢，經理高聲呼喊有働先生，我則是在一旁正不知所措，此時原本不見蹤影的真理子小姐突然冒出來，大大誇獎姨婆今天的衣著打扮。

「老太太，您今天穿了洋裝，真美。」

「真理子小姐該不會認識姨婆吧？」

我大吃一驚，然而在真理子小姐回答之前，姨婆就已先用力拉著我的手，說：「來吧，小堇，我們就進放映室去吧。」

「請。」

看來剛剛一瞬間事情已經得到解決，有働先生面無表情地帶領我們進入放映室。一臉得意的姨婆刻意抖動胸前的披肩，讓毛髮飛揚，露出惡魔般的笑容。

「以前我父親曾帶我來這兒看影戲……」

姨婆靠近面對觀眾席的窗戶，滿足地動動嘴角，她加了一句「影戲指的就是電影」之後繼續說：「那時候我還是小孩，要來這裡非常興奮，穿上我最正式的衣服和新買的鞋子，進了影廳，找到座位時，真說不出有多高興，我坐下來回頭看向後方時，發現很高很高的地方有一扇小小的窗，整個影廳裡都飄著灰塵。」

說到這裡，姨婆又抖了抖她身上的毛海披肩。

「放映室射出的光讓影廳裡的灰塵一覽無遺。當然灰塵飛揚並不是件值得誇獎的事，但是在當時尚年幼的我眼中，電影就像是由那個位於高處的小房間裡噴撒出來的魔法粉末變成的。」

「……」無論是經理、有働先生、我還是真理子小姐一時之間全都靜默了，大家——至少我有一點感動。

現在的蓋勒馬影戲院雖然已經破舊又空蕩，當年嶄新明亮還擠滿觀眾的景象突然浮現眼前，我好像看到當時還是孩子的姨婆穿著和現在一樣的哥德蘿莉服，興奮地哇哇大叫，凝視銀幕的模樣。

「請各位在原處往這邊看，我來說明放映的方法。」

有働先生的口氣稍微溫柔了一點，臉上的表情也較緩和了，我覺得他可能因為剛剛姨婆的一席話而稍微卸下心防。

「呃，放映室裡其實只有放映機和剪接底片用的機台，蓋勒馬影戲院的片子分成上半集和下半集放映。」有働先生開始向我們說明。

電影公司送來的電影底片分成好幾卷，放映師會把底片放在剪接機台上剪輯。

底片會剪接成上半集與下半集，分別纏繞在兩個大滾筒上，安裝上放映機……有働先生先生邊說明邊操作著放映機，鏡頭射出的白色光線照亮窗戶另一邊的銀幕。

「怎麼都沒有影像？」

「這是試播用的底片，不會有影像。」

「什麼，真無聊！」

姨婆又抖了抖毛海披肩，有慟先生凶惡地瞪視她。姨婆發現有慟先生動怒，便更想逗他。正當我差點就要出手勒死逗弄有慟先生的姨婆時，姨婆的注意力突然轉移到其他東西上，我倆都因此免於一場人倫悲劇。

「咦？這是什麼？」姨婆拿起鐵架上的金屬圓盤。

那是裝底片的容器，蓋子上寫了「人生走馬燈，全一卷」。

「你們就是在剪接機台上剪接這個，再裝上放映機吧。」

「是的。」

經理慌張地走上前想從姨婆手上接過底片，卻被姨婆閃過了。我從後面偷偷接近，伸出手想拿走底片，但是姨婆毫不鬆手。

「這只有一卷。所謂一卷就是二十分鐘左右的短片吧？我沒看過短片，非常有興趣。」

姨婆滿心期待試片，但是有慟先生阻止了她。他輕鬆伸出長長的手臂，越過姨婆的頭頂，拿走底片。

「我差不多該準備上午時段的放映了。」

有慟先生朝我們揮揮手，嘴裡還說著「噓、噓」，把我們趕出放映室。

「這裡還真是破舊。」姨婆參觀完之後也沒有回去的意思，繼續在大廳閒逛。

放映時間快到時，電影院會開始播放〈後站商店街音頭〉。今天也一樣，看不到半個客人的影子。

姨婆得意地對經理說：「你看，都沒人來啊。」看來她還是覺得沒看到名為《人生走馬燈》的短片很可惜。

「播到一半也可能會有客人來。電影院一定得按時播放電影才行。」

經理雙手壓住外套內袋的紅包，鄭重地對姨婆解釋。

姨婆哼了一聲，覺得很沒趣。儘管如此，她還是不打算回去。待在車上的祕書擔心地跑來探看，姨婆也學有慟先生揮揮手，嘴裡發出噓噓聲，把祕書趕回車上。

過了一會兒，昨天那位臉色蒼白的男子再度來訪，他經過經理身邊，敲了辦公室的窗戶，朝無人的辦公室開口：

「請問下次上映是什麼時候呢？趕得上我的尾七嗎？」

我有點害怕地抓住姨婆的手臂，姨婆在我耳邊小聲說完「當作沒看見」之後便陷入沉默。難道姨婆也跟我一樣看得見那位客人嗎？姨婆其實也有陰陽眼？

雖然我看到真理子小姐在販賣部裡拿著羽毛扇子邊跳舞邊唱著「嗚啦啦」時，覺得有這樣的幽靈存在其實也不錯。

（這裡可能是容易聚集幽靈的地方吧。）

當我正這麼想著的時候，大廳角落，也就是簡易公共電話和印度榕之間不知何時聚集了一堆人。

「咦？發生了什麼事嗎？」

姨婆也急切地朝人群走去。

那群人圍著一張小桌子，上面擺滿了手寫的傳單興奮地討論著：「就是明天了」、「好緊張喔」、「終於來了」。

「你們在說什麼？」

姨婆戴上老花眼鏡，看起傳單。

經理不知為何迅速地衝過來，奪走姨婆手上的傳單。

「董、董事長大人還不到看這種傳單的時候。」

經理急得滿頭大汗，像是要擋住什麼似地把剩下的傳單藏在背後。

（嗚哇，這下糟了！）

經理竟敢忤逆姨婆，我害怕得全身緊繃。

我以為真理子小姐是因為擔心而跑過來，結果她卻是饒富興味地看著這兩人。

「你說得對。」姨婆出乎意料地通情達理，摘下老花眼鏡。她再次環視古色古香的大廳，最後轉向我。

「這裡似乎是適合妳學習如何面對人生挫折的好地方。」

姨婆毫不客氣地留下這句話，拍拍我的手臂，就走出大門離開了。

我目送姨婆乘坐豪華的轎車離去，十分疲倦地回到大廳時，發現有働先生已在大廳等我。

「販賣部有客人來了，既然妳是來打工的，就快點給我上工。」

是！

＊

我換上深藍色的舊制服上衣別著名牌，名牌上用簽字筆寫著「楠本」二字，那是有働先生為我題的字，跟書法範帖一樣的美。

我的工作是在販賣部賣爆米花、飲料、賣電影票和收取客人的票根，說起來好像很忙，其實非常閒，因為幾乎沒有客人上門。

常客丹野先生今天也帶了杯裝酒來，又被經理念了一頓。經理因為姨婆的來訪而累積了一年份的壓力，一下子對真理子小姐撒嬌，一下子又遷怒在丹野先生身上。

電影院的背景音樂結束、蜂鳴器響起，正是電影要上映的時刻。就在此時，我看到一名眼熟的女子帶著年紀約莫是幼稚園生的小女孩從正門走進來。

仔細一看，那女子不就是爸爸的情婦嗎？沒想到居然會在這裡遇到她。然而敵人就在眼前，我卻什麼也不能做，只好徹底裝作不認識，實在太丟臉也太窩囊了！

情婦沒有化妝，身上是洗得舊舊的運動服，看上去有點疲倦。如果她打扮得很漂亮，我看了應該會很生氣，但是看到她一臉憔悴的神色，我也還是一肚子的火，我想與其說我是氣她，不如說是生爸爸的氣。

「有新人吶？還是學生嗎？」情婦雖然看著我發問，但似乎沒有要聽我回答的意思。她買了一份爆米花和一張票給小女孩之後便離開，小女孩就這麼被留下來。

「請問有沒有人撿到失物？」小女孩衝向辦公室，敲打面向大廳的窗口，大聲問道。

真理子小姐冒出頭來，熟練地回答：「沒有吔。」

「我知道了。」小女孩精神飽滿地回答，接下來又跑去打開影廳的門。

（嗯！）

小女孩看得見真理子小姐，表示她跟我是同類。想到這裡，我突然覺得跟她有種親近的感覺，於是幫忙撐住以她的體重而言過重的門扇。

「謝謝！」小女孩回頭對我鼓起鼻翼，瞇起大眼，露出笑容。

上高中後很少有機會看到這麼小的孩子，她天真無邪的模樣讓我大受打擊。

這麼嬌小可愛的女孩居然是我的敵人！爸爸你這個大壞蛋！

但是這個小敵人也不能等閒視之。她在只有丹野先生一個人欣賞法國電影的影廳裡衝來跑去，還學起劇中演員的法文，怪聲吵鬧。

（這、這下子糟了！）

我得在有慟先生大發雷霆之前把小女孩帶出影廳，但是我還在為不知道該怎麼處理這小孩而慌了手腳時，有慟先生已經出現。

（電影之神啊，請祢救救我敵人的孩子！）

就算她是個小孩，有慟先生一定也會破口大罵吧？但如果我去幫忙，他可能會更生氣——正當我這麼想，面無表情的有働先生已經牽起小女孩的手，將她帶到大廳，再自己沉默地回到放映室去。

出了影廳之後小女孩也沒有要安靜下來的意思，開始在大廳中央跳起舞來。她的舞蹈和真理子小姐的扇子舞很像，說不定是真理子小姐親自指導的成果。

「我們去年聖誕節也辦了像電影展那樣的活動。」

我回到販賣部的櫃台，經理走過來指著小女孩說：「我們是二輪電影院，不是上映新電影，而是連續放映兩部經典老片。那孩子跟著她爸爸一起來，她爸爸電影看到一半就離開，就再也沒回來了。」

「咦？」

「他再也沒有來過電影院或是回家。」從此之後，小女孩每天都會來電影院。

她好像以為是自己不小心把爸爸搞丟，換句話說，爸爸就是她的失物，像弄丟的鑰匙圈或是手帕一樣。她似乎是用自己不小心把爸爸搞丟在電影院來說服自己接受事實。

「但是實際上究竟是怎麼一回事呢？」

我對著經理的背影詢問，他正在吃應是販售商品的爆米花。

「我們賣的爆米花還真鹹。」經理從自動販賣機買來「Ribbon Citron」汽水（編按：由日本 Sapporo Beer 公司自 1909 年起自行研發、生產的老牌汽水，註冊商標是頭上頂著大大蝴蝶結的小女孩插畫），插著吸管津津有味地喝著。

「他就這樣消失不見了。」

「消失？你說消失？為什麼他要消失？」

我望向和真理子小姐一起跳舞的小女孩，視線又回到經理身上。

我的臉上大概浮現憤怒的神色吧？經理縮起半邊身體向我解釋，又窸窸窣窣地喝起汽水。

「她媽媽每天把這麼小的孩子放在電影院，我們當然也要問清楚理由，可不是因為我是愛探人隱私的怪老伯才問的喔。」

「我從不認為經理是愛探人隱私的怪老伯。」

「嗯。」經理窸窸窣窣地喝完汽水，一臉認真地點頭。

「失蹤一陣子之後，小女孩家收到一封信。」

我累了，請讓我一個人靜一靜。不要找我，我不會自殺。

「哪有這種事！」

經理雙手抱胸低聲勸我：「小堇，冷靜一點。」在大廳跳舞的兩人也停下腳步，望向我們。

「小堇，妳外表看起來很乖巧，有時候個性卻跟楠本董事長一樣。」

「有、有嗎？」

「嗯。」

經理也買了一罐汽水給我，我大口大口地灌。

「自從父親消失之後，母親被迫出去工作，另一方面，年幼的女兒一直堅信父親會回到蓋勒馬影戲院。」

於是蓋勒馬影戲院自然而然變成了托兒所。

「所以小堇，以後就請妳多多幫忙了。」

「咦？」

結果我的工作就變成照顧小女孩了。

小女孩一直在電影院裡跑來跑去，直到快關門時才由媽媽——也是我爸爸的情婦接回家。

雖然我是個不懂世事又逃學的人，但是想到可憐的情婦母女，以及蓋勒馬影戲院的生意慘澹，心情也跟著沉重起來。我必須收回自己說過的話，那可憐的小女孩不是我的敵人，我和她是同志。

受到欺侮的人啊，團結起來吧！

＊

下班後我搭電車回家，一出站發現媽媽在車站等我。她從來不曾來車站接我，害我嚇了一跳。我問媽媽怎麼了，她告訴我說是剛剛下課回來。

「原來是這樣，害我嚇了一跳。」

媽媽確實一直在學才藝，又是花道又是書道又是料理又是學穿和服，這些都是婚前就開始學，除此之外，最近還多加上空手道。據說學空手道的動機是為了習得武術精神，以抑制心中突然想施暴的衝動。她想施暴的對象應該就是爸爸吧？

朋友、朋友，友愛，愛戀，戀情，情婦……

我又忍不住開始玩文字接龍時，媽媽突然沒頭沒尾地丟出一句話：

「我以前去過蓋勒馬影戲院喔。」

「和爸爸嗎？」

我才問，媽媽就笑了出來：「怎麼可能。我是和七枝堂姊一起去的。但是那間電影院很亂來，法國電影看到一半突然變成日本的武打電影，嚇了我一大跳。」

「怎麼會這樣？」

「聽說是剪接時一不小心接到其他片子，真是太隨便了！結果我還氣到跟電影院的人吵起來。」

「該不會是留著跟畫家達利一樣的鬍子，看起來像外國騎士的人吧？」

「不是喔，是個講話娘娘腔的電棒燙歐吉桑。」

「喔。」

看來當時的經理跟現在不一樣。

「媽媽妳運氣還真差。」

「不過現在也變成令人懷念的回憶了。」

「嗯，說的也是。」

我想起姨婆發現的那卷影片《人生走馬燈》。

（那時候好像說過一卷是二十分鐘。）

有働先生說過一部影片裝上放映機時，會分上下兩卷，所以如果放錯片的話，的確可能發生媽媽說的狀況。

「現在的放映師不會犯這種錯，是個認真工作的人喔。」

如果我告訴有働先生接錯影片的事，他會露出什麼樣的表情呢？

他一定會瞇起那雙漂亮的眼睛，冷哼一聲吧——帥呆了。

（有働先生是從什麼時候開始在蓋勒馬影戲院工作的呢？）

他幾歲？住哪裡？希望他沒有女朋友，還是他該不會已經結婚了吧？

我想知道有働先生的一切。搞不好我也和一樣愛吃蓼的蓼蟲一樣（譯註：日本俗諺：「連辛辣的蓼都有蟲愛吃」，意指每個人的喜好不同），因為喜好特殊，沒有競爭對手，應該很占優勢。

「媽媽，你知道蓼是什麼嗎？」

「是一種會拿來配生魚片的菜，吃起來有點苦。」

「咦？所以一般人也會吃蓼嗎？」

「會啊，不是說蓼蟲也喜歡吃嗎？」

那可不妙。

4 蓋勒馬影戲院的工作

第二天早上，我提早上班，拿起拖把在大廳拖起地來。既然還沒人來，於是我邊哼著「嗚啦啦」，邊學真理子小姐跳舞。

「妳就只是在方形的地方繞圈圈，在圓形的地方畫方形。」上學沒多久，我就被家政老師這樣念過，所以今天我特別注意角落有沒有拖乾淨。但是大廳的角落有點恐怖，感覺好像會看到肚皮朝天、一命嗚呼的蟑螂。

（電影院是最容易出現蟑螂屍體的地方。）

大廳深處有一個太陽照不到的角落。我壓抑著心中不祥的預感，瞄了瞄粉紅色的簡易公共電話下方，發現印度榕盆栽陰影下放了一張古老的木桌，就是昨天眾人聚集的地方。

在這麼狹小的大廳，卻有個死角。在這個不知為何總是被忽略的地方，我還真的發現了蟑螂的屍體，而且還是五隻。

（！）

我想我應該全身都起了雞皮疙瘩，舉起手臂一看，還真的粒粒分明，自己都看傻了。但是我也不能靠雞皮疙瘩來逃避現實，只好鼓起勇氣清理蟑螂。然而我再次望向那張桌子，發現桌上有張手寫傳單，應該就是昨天姨婆本來想看卻被經理搶下的傳單。記得那時候經理說了一句什麼姨婆還用不上這份傳單之類的話。既然姨婆不能看，那我應該也不能看。但他這樣，不就更令人想看看傳單上究竟寫了什麼意義深長的事嗎？結果我還是忍不住偷看了。

新月夜的深夜電影

地點：蓋勒馬影戲院二號館

五月二十一日晚間十一點播放《人生走馬燈》

回憶人生每一幕的感動名作，送您上路‧‧‧

可是我不懂。二號館因為經營困難而歇業，事實上是個倉庫，難道在深夜電影上映的那天要開放二號館嗎？那打掃起來應該會很辛苦。

（咦！上面是寫「人生走馬燈」嗎？）

《人生走馬燈》不就是姨婆在放映室看到的那部短片？刻意在夜間十一點播放僅有二十分鐘的短片，怎麼想都很怪。姨婆發現那部片的時候，經理確實是有些慌張。

經理果然是個怪人，畢竟他還娶了幽靈當老婆。

（不過也是個好人啦。）

現在經理正走進辦公室，和真理子小姐說話。

「今天晚上，妳真的不用去嗎？」

經理的聲音聽起來像是一個人玩文字接龍般悲傷。

「我不想拋下你……」

兩人如愛情電影般的對話，消失在館內裡播放的背景音樂聲中。

（嗯？）

他們之間發生了什麼事嗎？

我想到要看一下辦公室現在是什麼情況而回頭時，正好撞上從我後方走來的人的鼻頭。

「唉喲！」

那個人站在我身後，一聲不響地，加上又是不該出現在這裡的人，我忍不住從喉嚨深處發出哀號。

「平井同學？」我的同班同學平井玲奈不知為何出現在蓋勒馬影戲院。

「這是什麼歌？」平井同學手比向天花板，指的是電影院裡「嗚啦啦」地唱著的背景音樂。

「本來電影院會在電影結束之後播放電影的主題曲，不過這首歌跟電影沒關係，名為〈後站商店街音頭〉……」

「這不重要啦。」平井同學急躁地拉高聲線。

就在我正要說對不起時，居然很難得地走進好幾位客人，她們是泰國餐館、腳踏車店、蔬果店和剉冰店——也就是在商店街開店的老闆娘，每個人看起來都很開心，應該是幾個好友結伴而來的吧。她們聆聽著〈後站商店街音頭〉，邊說：「這是山田旅館家小兒子唱的歌，他真的有副好歌喉呢。」

「他叫火星對吧。」

「居然這麼年輕就過世了。」

「這真是一首動人心弦的好歌啊。」

大家齊聲讚美已經過世的歌手。

「喂！」

我分心聽著客人間的談話，平井同學突然用力抓住我的手臂。

「妳為什麼都不來上學？難道是在躲我？」

「與其說是躲妳……」

正確說來我反而覺得是班上的同學在躲我，但是當下我說不出話來反駁，

平井同學用力地皺起眉頭。

「求妳救救我，我已經不知道要找誰幫忙了。」

平井同學不尋常的模樣引起大廳一陣騷動。

「哎呀，是在吵架嗎？」

「小姐，這裡有客人喔。」客人站在販賣部前，朝我招手。我只好把拖把交給平井同學，趕緊跑進櫃台。

賣票和遞爆米花給客人時，「嗚啦啦」的背景音樂停了下來，上映的蜂鳴器聲也隨之響起。客人走進影廳之後，大廳就只剩我和平井同學，經理和真理子小姐還在辦公室討論嚴肅的話題，總覺得今天的空氣很沉重。

「平井同學不看電影嗎？」

「妳明知道我不是來看電影的。」平井同學雙眉倒豎瞪著我。

「妳今天不用上學嗎？請假？」

「妳自己還不是沒去。」

平井同學的聲音在顫抖。這時候我才終於發現平井同學不是在生氣，而是害怕。我勸平井同學在長沙發上坐下，她整個人就癱在椅子上，一臉疲憊，並開始用指尖敲擊放在矮桌上的鋁製菸灰缸。

「我之前告訴過妳我奶奶過世的事吧。那時候妳丟下我，自己走了。」

明明在學校餐廳裡被丟下的是我。

「妳說過妳奶奶去年年底過世了……」

「妳還記得，好，那我就繼續說下去。」

「呃！」

誰教我是無法拒絕別人的楠本堇。

平井同學的祖母——平井笛子女士是在除夕那天過世，走的時候只有一個人，到一月中旬才被人發現。

「過年的時候呢？」

「我們沒人去看奶奶。」

「是喔。」

「我們平常也不會去。」

「這樣啊？」

我心想著笛子女士一定很寂寞，但一方面又想起一件令人驚異的往事。

開學典禮——也就是四月的時候，我看見了平井同學的祖母。

她身穿淡色的和服，一頭白髮梳成髮髻，看起來非常高雅。因為長得很像，一看就知道是平井同學的祖母。我向她打招呼，對方也朝我點點頭，我向一旁的平井同學說「妳奶奶好美喔」，平井同學的表情是一臉不可思議。

（原來如此！）

那時候平井同學的祖母已經過世好幾個月，所以她才會覺得我說的話很奇怪，也正因為如此，只有平井同學相信我「看得見幽靈」。

「楠本同學，妳一定覺得我們家的人很冷漠吧。」

「我才不……」

不是沒有這麼想。

「可是奶奶也很過分，留下的遺書裡寫說她住的房子和爺爺留給她的錢都要讓陌生人繼承，走的時候連一點可留作紀念的東西都不給我們。」

「但那一定是因為妳家裡的人沒有對她好……」

我戰戰兢兢地替笛子女士講話，平井同學的臉頰抽動，露出可怕的表情，但是她馬上又小聲地吐出：「說的也是。」

「奶奶的家變得很誇張。」她繼續敲著鋁製的菸灰缸邊說明。

我不經意地望向時鐘，發現平井同學敲擊的頻率剛好和秒針移動的速度一致。

「很誇張？」

及至笛子女士過世，平井家的人才發現笛子女士家變得很誇張。

天花板上裝滿火災警報器，簡直就像章魚的吸盤。不僅如此，牆上還安裝了沒有配線的抽風扇、詭異的省電裝置，家裡也堆滿了健康食品、開運商品、羽絨被等等，真的就跟字面上形容得一樣：「堆得跟山一樣高」。換句話說，笛子女士被許多無良廠商欺騙。

「雖然定期會請人去打掃，但是他們也假裝沒看見。無論是我爸媽、伯父、姑姑和我都丟著奶奶不管，所以也不能怪別人——說到這裡，妳應該知道我要找妳商量什麼事吧？」

「咦？」

平井同學還是繼續敲擊菸灰缸，她敲擊的頻率就跟秒針一樣快，簡直就像個定時炸彈，咚咚咚咚地響著。

「妳不是也看到我奶奶了嗎？明明那時候她已經過世好幾個月了！」

平井同學大聲吶喊，辦公室裡的經理和真理子小姐一齊望向我們。

「奶奶一定很恨我們這麼冷漠，所以想要把我們抓走吧。」

「走去哪裡？」

「去陰間啊！陰間，就是死後的世界、黃泉之下、地獄、奈何橋的另一頭！」

這、這麼恐怖!?

但是平井同學會想到這麼可怕的事情也不是沒有原因。笛子女士過世之後，平井家發生許多怪事，接連不斷有人生病或是發生事故，或是酒醉駕駛的車子撞進平井同學父親所經營的超市、家裡的地板冒出水，水裡有很多紅色小蟲在蠕動、所有窗戶和門突然全都打不開了等等。

「一切都非常……」

「非常？」

「糟糕。」

在平井同學的伯伯家裡，有天笛子女士的遺照彈了出去，摔破了玻璃框；她母親在浴室裡聽到笛子女士的聲音，然後突然覺得浴缸裡有人拉住她的腳，害她差點淹死。

平井同學平鋪敍地列舉著這些事，說話的節奏也和敲擊菸灰缸一樣。

「我也好幾次夢見被奶奶叫去她家喝茶不讓我回家。」

平井家的人受不了屢屢出現的靈異現象，於是開始尋找有沒有什麼奇特或是有效的解決方法。他們找來了神主（也就是會招喚、超渡亡靈的人），決定請憤怒的笛子女士亡魂也一同參加家庭會議。

「謝謝你們找我來。」

笛子女士藉由神主之口，和大家說話，感覺她不但沒有怨恨之意，甚至顯得非常開心。

「我知道一家戚風蛋糕很好吃的店，本來想買來送玲奈，結果卻突然離開人世，真是可惜。」

平井同學、平井同學的雙親和所有親戚都和笛子女士的靈魂開心地閒話家常，笛子女士說了平井同學還是小嬰兒時發生的趣事、姑姑婚禮上的事和只有當事人才知道的祕密。附身於神主身上的笛子女士非常愉快地一一提起。

「大家都相信奶奶的靈魂真的回來了，而且我們一點也不害怕。」

沒有人提到屢屢發生的靈異現象，就連笛子女士也沒有吐露任何怨言。如果這場家庭會議就這樣結束，所有問題便迎刃而解，無論是活著的人還是已死去的人，都已經把話說完了。

可是！連同過世的笛子女士一起召開的家庭會議開到一半，居然發生始料未及的事——笛子女士的靈魂還沒退去，神主竟然猝死。

「我從來沒有那麼驚嚇過，他就在眼前突然倒下，真的就這麼死掉了。」

笛子女士的靈魂原本非常高興，突然大家覺得她話怎麼講到一半就打住，神主的上半身便往前一倒，額頭撞在桌子上。

「咚！」他從此再也沒有張開過眼睛。原本以笛子女士的聲音傳遞笛子女士心聲的神主，在送達醫院之前就斷氣了。

「難不成是奶奶……」

殺了神主？平井同學雖然說不出口，但我卻馬上在腦中浮現這句話。

「不可以這麼說！」我不禁大聲吶喊。

平井同學嚇得抬起臉來，也不再敲擊菸灰缸。

敲擊的咚咚聲消失之後，平井同學似乎也稍微鬆了一口氣。

「對……對啊。」

我理解平井同學會反覆說著「對啊」，是因為她一點也不相信自己說的話。

「過世的神主是什麼樣的人呢？」

「看起來是個很假的中年男子，穿著紅色的燕尾服。」

那確實是很奇特的裝扮。

「除了當神主之外，他還會變魔術和唱演歌，聽說是個樣樣通，樣樣鬆的人。」

樣樣通，樣樣鬆。我好像在哪裡聽過這句話。

「對了，我想起來了。」

平井同學的臉色突然亮了起來。

「對方很機巧，他說是招喚奶奶的靈魂，但可能只是運用演技、模仿奶奶來騙我們，總之就是來騙錢的。」

「可是……」我覺得神主不會做那麼麻煩的事情，否則他得先調查已經過世的笛子女士、練習模仿當事人，練到連家人都分不出來是真是假，對騙子而言，做到這種地步一點也不划算。

「楠本同學也是靈媒，應該認識那名叫山田火星的神主吧？」

「算知道吧。」

我既不是靈媒，也只是偶然知道這個名字。

山田火星正是演唱〈後站商店街音頭〉的歌手。

「啊啊！」

平井同學抱著頭，又恢復原本陰沉的口氣。

「就算我再怎麼努力把自己的想像合理化也沒有意義。」

看來她終於發現把山田火星當作詐欺犯也不能解決問題。

「就連現在，奶奶的靈魂也還在我身邊，我最苦惱的就是她一直在我身邊！」平井同學繞了一圈，又回到原本的話題。看不見盡頭的煩惱就跟一個人的文字接龍一樣，只是一直在原地打轉。

「楠本同學在開學時也看見我奶奶了對吧？妳願意相信我吧？」

平井同學的雙手如爪子般抓住我的手臂。

「昨天下課回到家，我發現我的書桌上放了個戚風蛋糕，正是奶奶的鬼魂說的那家蛋糕，旁邊還放了泡在冰水裡的番紅花。」

番紅花的花語是「我等妳，不要失約於我」。

比起其他靈異現象和山田火星猝死，平井同學最害怕的還是戚風蛋糕和番紅花。她開始相信奶奶的鬼魂是真的存在，而且還想把自己帶去陰間。

「我一直在學校等妳，拜託妳不要讓我失望。」

「就算妳再怎麼說……」

我也不過是看得見而已。平井同學就是不肯理解這個關鍵點。

看到我不知所措的模樣，真理子小姐也擔心地靠過來。她抬起手在平井同學面前晃一晃，對我嘿嘿一笑。

「楠本同學求求妳，妳一定要幫我，現在馬上就來我家。」

平井同學完全看不見真理子小姐，更加用力地抓住我手臂。

「請用。」真理子小姐跟平常一樣，端來加了大量砂糖和奶精的即溶咖啡，放在我和平井同學面前。

「啊嗚！」很難想像長得這麼可愛的平井同學也會發出這種怪叫聲。

她維持剛剛看我的表情，盯著眼前的咖啡，鬆開原本緊抓住我手臂的手，痙攣似地顫抖著，指向咖啡。

「就是像這樣、就是像這樣、戚風蛋糕就是這樣憑空出現的！」

對於看不見幽靈的平井同學而言，真理子小姐的服務和詭異的戚風蛋糕都是同一種靈異現象。

真理子小姐吐吐舌頭，嘻嘻笑著回到辦公室。她拿出扇子跳舞的背影，既開心又充滿活力。

「妳沒看到剛剛那位小姐嗎？」

我小心翼翼地開口問，平井同學尖叫一聲「不要啊！」就逃走了。

＊

到了下午，爸爸的情婦又跟昨天一樣帶年幼的女兒來到電影院，買了票和爆米花交給小孩之後，就一副理所當然地轉身離開。

雖然經理已經告訴我許多關於這對母女的事情，我仍無法釋懷，畢竟對方是爸爸的情婦，但是我下定決心要和小女孩站在同一邊的心絕對沒有一絲虛假。

「妳叫什麼名字呢？」我竭盡全力擺出笑臉，詢問小女孩。

「我叫花音。」

「好可愛的名字喔。」

「那大姊姊叫什麼名字？」花音年紀雖小，卻很有禮貌。我告訴她我叫「堇」的時候，花音也對我說「好可愛的名字喔」。

「花音的媽媽叫什麼名字呢？在做什麼工作？」

對於我一步步深入的試探，花音毫不介意地回答：「我媽媽叫風間美咲，媽媽的工作是打收銀機跟酒店小姐。」

啊？

也就是說，因為丈夫留下大筆負債又失蹤，爸爸的情婦——美咲小姐只好白天在超市打工，晚上去陪酒。

（我說楠本愛郎啊……）

人家這對母女如此奮發自立，你居然趁虛而入！

我在心中的標靶貼上爸爸的照片，咻咻咻地射飛鏢。

「酒店很像城堡喔，妳看，媽媽打扮得跟灰姑娘一樣。」

花音從塑膠製的小包包裡拿出照片秀給我看，那是一張只比幼兒的掌心稍大的立可拍。

酒店名稱是「club・alibi」，裝潢是粉彩色調，站在以店名為設計的雕刻前臉貼著臉照相的是花音的媽媽美咲小姐……另一個人不就是爸爸嗎？

立可拍下方空白處寫的字，一看就知道是爸爸工整的筆跡。傘頂畫了愛心的傘下，寫著「愛郎」和「美咲」（譯註：日本人會畫傘並在傘下寫兩人的名字，表示是一對），更要命的是又多加了一句「命中註定的相遇」。

咻！咻！咻！我心中的標靶上又多了好幾支飛鏢。

花音從小包包裡拿出口香糖，下意識地嚼了起來。

「雖然王子有點那個……」

對啊，王子是有點那個。我明知不可能，還是忍不住對嚼著口香糖的嬌小側臉開口詢問。

「這個伯伯難道是花音的爸爸嗎？」

「怎麼可能！」

花音哈哈大笑，我也總算、總之跟著鬆了一口氣。

真理子小姐無聲無息地接近我們，探頭看了一眼照片之後像是嚇了一跳似地笑了出來。

「真巧，我以前也曾經在這家酒店工作過，這家酒店對小姐的績效要求很高。」真理子小姐說些我聽不懂的話之後就走了。

花音對真理子小姐的背影揮手，我則指著那張照片跟花音說：「花音，這張照片可以賣給我嗎？」

我買下照片又要做什麼呢？向媽媽打小報告？還是威脅爸爸？雖然我自己也不知道理由，還是從口袋裡拿出錢包。儘管覺得拿錢收買小孩很有罪惡感，還是背對她數著幾張千圓鈔票。

「不用付錢啦，人家討厭錢，而且也很討厭這張照片！」

花音把照片丟給我。

我懷抱沉悶的心情，將照片收進背包裡。

*

最後一場電影結束時，五月的夕陽也正緩緩西下。

蓋勒馬影戲院所在的後站商店街上播放的不是大家先前提到的已故山田

火星主唱的〈後站商店街音頭〉，而是德弗札克的〈念故鄉〉，店家的燈光也隨著樂聲開始一一亮起。

有働先生配合著招喚附近主婦來此商店街的樂曲旋律，正準備要下班。他雖熱愛工作，一到下班時間總是早早回家。

「妳也趕快回家吧，今晚是上映深夜電影的日子。」

「明明要播放深夜電影，有働先生這麼早回家沒關係嗎？還是晚上會再來？」

「不，深夜電影是數位電影，不需要放映師。」

有働先生說完這句話便逕自向我講解起何謂數位電影。

「數位電影是用數位攝影機拍攝之後，用通訊衛星傳送資訊，直接在銀幕上播放的最新技術，不需要用到底片。」

有働先生抬頭仰天，指向陳舊的蓋勒馬影戲院，意味深長地轉著眼珠子。

「很奇怪吧，這種一直虧錢、老舊的二輪電影院到底哪來的錢購買設備好接收通訊衛星傳送的數位資訊呢？一號館隨便一台放映機都是古董。」

有働先生雖然語帶諷刺，但事實上他是特意找這種在老舊二輪電影院的工作，也非常珍惜這些古董級的放映機，只是他的疑問也是有道理的。

根據那悄悄放在蟑螂墳場的傳單，深夜電影是在二號館上映。歇業中的二號館現在明明是倉庫，別說要放映電影，連走路的地方也沒有，曾一度誤闖的我非常清楚二號館的情況。

「二號館的深夜電影是每逢新月的夜晚，針對特定的客人所播放的神祕影片。」

「神祕影片？」

有働先生的措辭很誇張，讓我不知道他到底是認真還是開玩笑。

「反正跟我都沒關係，妳最好也不要插手，很可怕的。」

「是因為深夜電影播的是恐怖片嗎？」

有働先生用鼻子冷笑了一聲，似乎是我說了奇怪的話。

「原本我就覺得這間蓋勒馬影戲院很奇怪了。」

「咦？」

「我工作過的電影院裡就屬這裡最寂寥，卻不會倒閉。」

有慟先生深愛傳統的電影和電影院，因此一直在小型二輪電影院工作。不過老是換工作並不是他的錯，而是因為電影院業績慘澹，一間接著一間收起來。

「蓋勒馬影戲院不倒閉，對我而言也是好事。」

有慟先生瞄了一眼辦公室。

「這間電影院啊，好像有這個，妳不覺得嗎？」

有慟先生把手舉到胸前垂下，模仿幽靈的樣子。他雖然看不見真理子小姐，但還是有所感應。

「而且不是還要上映謎樣的深夜電影嗎？就只有深夜電影上映的時候，經理絕對不讓我進電影院，實在是太奇怪了。我雖然害怕，不過也很好奇，要是有人能告訴我深夜電影的祕密，叫我入贅也可以。」

入贅！

我當然明白有慟先生是拿最不可能的事來比喻，但是我彷彿聽見心中有個摁下按鈕的聲音響起，雖然那不過是我晃動肩膀時關節的聲響。

「深夜要播放的是《人生走馬燈》，有働先生看過那部短片嗎？」

面對我的疑問，有働先生先是沉默了一下，接著才說：「還是算了。」

*

於是，我在晚上快要十一點時，來到了蓋勒馬影戲院二號館。

果然是只有特定的客人才能出席的特別放映會，我感受到滿滿的謎樣氣息。

比起白天來看電影的客人多很多，且都打扮得很正式，像是穿著印有家紋的日式外套搭配褲裙、早禮服、振袖、留袖（譯註：振袖與留袖在日本分別是未婚女子、已婚女子的正式和服）、禮服等等。大部分都是上了年紀的人，奇怪的是大家都是一個人來看電影，沒有情侶、夫妻或是朋友。

電影票也是經理親自販賣和撕票根。經理也身著華麗的燕尾服，和他那個性十足的鬍子非常般配。

儘管我很想去跟經理說他今天很帥，但畢竟是員工不得參與的夜間電影，我只好偷偷溜進電影院。

然後接下來發生的事情不可思議到我不知道該怎麼形容，腦袋一片混亂。

明明我前天早上才誤闖二號館。二號館和一號館的格局一樣，只是二號館內是東西堆到連腳都沒地方踩的倉庫，然而我現在潛入的地方卻完全不見那天看到的雜物，甚至和老舊狹窄的一號館完全不同，簡直是現實生活中根本不可能會有的空間。

面對寬廣舞台的是排成圓弧形的觀眾席，我本來想數數到底有多少席位，數到最後因為實在太多而放棄。數不盡的椅子全都包覆著鮮豔的深紅天鵝絨，拿來跟一號館坐了會屁股痛的椅子相比，說是媲美「歐洲歌劇院的豪華座椅」，相信大家就能明白。

地毯是沉穩的駝色，一定間隔的大理石柱和金色的牆面十分相襯；高挑的天花板中央是描繪天國景象的橢圓形壁畫，懸掛了好幾個真的點著蠟燭的燭台水晶燈。

觀眾席一直排坐到六樓，二樓到四樓是包廂，環繞整個巨大影廳的是一群既可怕又溫柔的半人半獸神像。

這裡到底是哪裡？

我躲進無人的包廂裡，縮起身子。

「這個包廂是空著的嗎？」

「XXX好像手術後奇蹟似地復原了呢。」

不知從哪裡傳來的說話聲貼近後又遠去，接著傳來影廳內響起的背景音樂。

畢竟是媲美歐洲歌劇院的地方，播放的不再是熱鬧的〈後站商店街音頭〉，而是沉穩的交響曲。總覺得我好像在哪裡聽過這首曲子，卻因為目睹這不可思議的景象而想不起曲名。

眼前的一切都讓我驚訝不已，可是一想到有慟先生說過「要是有人能告訴我深夜電影的祕密，要我入贅也可以」，甜美的妄想便浮現腦海：喜宴乾脆就請在二號館，我拿著小小的玫瑰花束，身著禮服，陪我走紅毯的是對妻子不忠的爸爸，等待新娘的有慟先生則是穿著寬鬆的襯衫和平常那條牛仔褲。

（清醒、清醒！）

我沉浸在自己的妄想中，差點忘記重要的事情。我再度將目光轉回到影廳。

華麗的交響曲一停下來，熟悉的蜂鳴器聲接著響起。不知道是什麼機關控制，所有蠟燭一起熄掉，影廳陷入黑暗，繡了滿天星斗的布簾緩緩拉開，銀幕也亮了起來，簡直像是神話中會出現的莊嚴景色。

但是，銀幕上播放的卻是非常無聊的電影，老實說無聊到我連內容都不記得，看不到五分鐘就睡著，還做了一個令人不悅的夢。電影在演什麼我完全想不起來，夢的內容卻鮮明地刻劃於腦中，這也未免太奇妙。

我夢見田中央有一座渾圓隆起的山丘，爬到山頂會發現有一間小郵局，我沒有信要寄也沒有錢要存，就只是漫無目的地走向郵局，郵局後方的一大片景色吸引了我的注意。那裡明明是座小山，為什麼會有一望無際的花田呢？

打扮入時的人一一穿過花朵裝飾的拱門，看起來非常愉快。

「不好意思打擾了。」

我跨出步伐想要去庭院看一看，卻有一個歐吉桑——該說他是爆炸頭還是電棒燙呢——總之跑出一位像是漫畫裡喜歡吃拉麵的小池先生的人惡狠狠地罵我。

「滾回去！妳沒有資格參觀這個庭院！」

一臉鐵青的電棒燙歐吉桑對我怒吼之後，緊接著露出邪邪的笑容說：「妳長得一臉死了會下地獄的樣子。」

雖然我搞不清楚是怎麼一回事，但是被人嫌棄長相這種不管如何努力也無法改變的事情，膽小鬼如我也是會生氣，正當我想要反駁時，突然想起好像曾經在哪裡聽過這句話。

結果我在此時醒來，睡眼惺忪地環視四周，眼前不見電棒燙的歐吉桑和一望無際的花海，甚至連豪華的影廳也消失了，只見和蓋勒馬影戲院一號館一模一樣，甚至更加破舊狹小的影廳，屁股底下是彈簧壞掉的椅子；布幕雖然拉開，銀幕上卻沒有任何影像；觀眾席除了我之外不見其他客人——雖然我沒買票偷偷溜進來，不能算是客人。

我似乎感覺到他人的視線，但是四周一個人也沒有。我突然覺得很害怕，於是趕緊溜出二號館跑回家。

那天夜裡我夢到自己穿著蜜卡娃娃的衣服，受邀參加平井同學祖母，即已經過世的笛子女士舉辦的茶會，夢中的笛子女士和我在開學典禮看到時一樣溫柔。

當我醒來，發現時間是十一點。

怎麼會這樣？這時間我應該在二號館看深夜電影啊！我想要探究原因，卻被睡意打敗，覺得一切都無所謂了。正當我又快睡著之際，猛然想起深夜電影上映時，影廳裡播放的背景音樂，我在七枝阿姨的喪禮上聽過那首曲子。

（那是貝多芬的第三號交響曲《英雄》的第二樂章。）

那是送葬進行曲。

然後我又想起在二號館打瞌睡時的夢，之前搭電車時也聽過一樣的故事，是一對大學生情侶閒聊時提到，關於一部無聊電影的都市傳說。

（這說不定很重要！）

就像學校老師敲著黑板說「這題考試會考！」時感受到的緊張情緒揪著我，不過這一切都在我半睡半醒、迷迷糊糊時一閃而過，沒多久我便陷入深沉的睡眠之中，連一個夢也沒夢見。

5 銀幕背後

睡過頭的我衝下車站月台、衝過樓梯，向糾正我的站員點頭致歉，又全力在後站商店街上衝刺，終於抵達蓋勒馬影戲院時，這裡竟然也大事不妙。我看到經理怒氣沖沖地繞著圈圈、一面大吼大叫。

「居然有人敢做出這種事！我絕不會原諒他！絕對不能就這麼算了！」

喔喔！

遠遠就能看到經理的太陽穴冒出青筋。對於勞工而言，遲到的確應該受到嚴厲的責備。經理氣成這樣，看來我又得靠姨婆使出金錢的力量了。

我還在胡思亂想之際，有働先生突然抓住我的手肘，一把將我拉進販賣部的一角，我的心跳換成不同的節奏，騷動不已。

「聽說有小偷闖進二號館。」有働先生指著怒吼中的經理說。

雖然知道經理不是因為我遲到而生氣，但我心中的不安仍揮之不去。該不會是我昨天潛入二號館被發現了吧？不，昨晚應該只是一場夢。

「有什麼東西被偷了嗎？」

「聽說銀幕被弄破了，可是經理堅持不肯報警。」有働先生望向經理。經理反覆大聲喊叫：「有働，今天公休，你回去吧！」和「真理子，求妳幫幫我！」

「真理子是誰？」有働先生用力皺起眉頭問我，只是看我歪著頭，曖昧地笑著，他一臉不知該如何是好。

「經理腦袋燒壞了嗎？一直對著沒人的地方喊著『真理子！真理子！』之前我就覺得他很奇怪，現在則是覺得非常不舒服。」

雖然經理並不奇怪，不過說他令人不舒服倒是說對了。

「這一陣子蓋勒馬影戲院應該會歇業吧，這樣下去搞不好會倒閉，我也得找新工作了。」

怎麼可以！我就是為了待在你身邊才以逃學為藉口來這裡打工的啊。

經理看到驚訝得站不住腳的我，舉起雙手向我招手。

「那我先回去了。」

有慟先生輕輕拍了我的肩膀就離開了。

幸福的感覺從有慟先生碰觸到的肩膀朝全身擴散，我覺得自己幸福得快死掉，但是想到有慟先生可能直接前往職業介紹所，我又不安得快死掉。

（哇啊啊啊啊！）

我如此胡思亂想的期間，經理也還是不斷呼喊我的名字。

「小菫，小菫，小菫……」

我該怎麼辦？

「小菫，人家叫了就要馬上過來。」

我腦中一片混沌不知如何是好之時，等得不耐煩的經理已經自己走了過來，他身邊的真理子小姐也一起快步走來。

「妳有通靈能力，所以有一件事情我要拜託妳。」

「不，我沒有……」

「這種時候，妳就別謙虛了。」

經理顫抖的喉嚨深深吸了一口氣，然後將手放在我肩膀上。

我不希望剛剛有働先生在我肩上的觸感消失，雖然對經理很過意不去，我還是撥開了他的手，他顯露出有些受傷的表情。

「小堇，我希望妳陪在真理子旁邊幫她，因為她很怕寂寞。」

「妳可以陪我真好！」就連真理子小姐也靠在我的肩膀上。

「那麼，」經理像是再三確認似地凝視著我，之後說了句「我要去揪出犯人」便衝出電影院。

我趕緊把真理子小姐的手撥開，她卻一臉嚴肅地再度用力抓住我的肩膀。

「聽我說，蓋勒馬影戲院出了大事。」

「有働先生告訴我了，有小偷闖入二號館對吧。」

「不是小偷，該說是相反……」

「相反？」

真理子小姐凝重地將視線投射在我驚訝的臉上。

「我們邊走邊說吧。」真理子小姐伸手環抱我的肩膀，走出電影院。

為什麼經理和真理子小姐都這麼想觸碰有働先生碰過的我珍貴的肩膀？

我假裝做了個伸展動作，想掙開真理子小姐的手，突然被蔬果店老闆叫住。

「手肘抬高一點，姿勢要正確，好，吸氣，再吐氣。」

看來蔬果店的老闆沒有陰陽眼，以為我是在做伸展操，很興奮地大聲指導我做動作。

「手臂伸直，用力，一、二、拉回來。」

我沒辦法拒絕老闆，只好繼續反覆地將手臂伸直再彎曲。當我努力伸展時，他站在旁邊盯著我看。

「話說今天蓋勒馬影戲院休息是吧？經理一臉驚慌地衝出去，發生什麼事了嗎？」

「呃，呃……」

我不知該如何回應，真理子小姐仗著老闆看不見她，朝他的脖子吹一口冰冷的氣息，老闆哇地叫了一聲，按住自己的脖子。

「呃，呃，盤點，對，今天要盤點。」其實我只是看到隔壁超市門上貼著「今日盤點，下午暫停營業」隨口說說而已，說完我趕緊拉著模仿雪女的真理子小姐離開現場。

蔬果店的老闆被幽靈在脖子上呼了一口氣，邊跺腳邊哇哇大叫，路上的人以為遇到神經病。

「電影院不用盤點喔。」意外喜歡惡作劇的真理子小姐一臉「不關我的事」，說完之後也朝我脖子吹出冰冷的氣息。

「哇！」

「我就從頭把話說清楚吧，跟妳說的話一定能夠懂。」

聽到真理子小姐這麼說，我感到十分不安。

「蓋勒馬影戲院一號館雖然是隨處可見的二輪電影院，二號館則肩負著特殊的使命。」

一號館裡住了個真理子小姐就已經夠奇怪了，但是就連身為幽靈的真理子小姐都這麼說，二號館的使命一定不得了吧。

「蓋勒馬影戲院二號館位在人世與彼岸之間。」

「咦？」

真理子小姐敍述著超現實的事。

「傳說人臨終時會看到自己的人生像走馬燈一樣出現在眼前，二號館就是看那部《人生走馬燈》的地方。每個月，在月光微弱的新月夜裡，死去的人會來到二號館欣賞深夜電影，在看完自己的《人生走馬燈》之後，啟程前往天堂，雖然有些人不是上天堂。」

「啊！」我好像明白是怎麼一回事了。昨晚做的夢，有一半不是夢。我確實潛入不屬於人間的場所，看了過世的人在看的電影《人生走馬燈》。

二號館華麗的裝潢就某方面而言，並不是幻覺。只是對陽壽未盡的我而言，我的人生走馬燈實在是無聊至極，正因如此我才會看得打瞌睡吧。而那時做的噩夢——郵局後方的美麗庭院和被電棒燙歐吉桑欺負的夢，也和之前在電車上聽到的都市傳說一模一樣。

活著的人看了《人生走馬燈》會做一樣的噩夢已經夠怪異了，回家之後發現時間倒轉更是奇妙。

「嗯嗯。」

「小堇，妳沒事吧？」真理子小姐大概以為我聽到她超現實的說明而不知所措吧？她一臉擔心地看著我。

但是，真理子小姐妳無需擔心，我都可以平靜地聆聽身為幽靈的妳說話了，世上沒有，呃，大概沒有我不能接受的事情。

「過世的人在二號館看《人生走馬燈》後就前往天堂，也就是說大家都在那裡被超渡囉？」

「是的，就是這麼回事。小堇，妳大概會覺得遇到怪人在瘋言瘋語吧？」

「我才沒有這麼想。」

我挺起胸膛回答，真理子小姐狐疑地看著我：「真的嗎？」但是她還是繼續說下去。

「但是昨天播完深夜電影之後就出事了。」

「出事？」

「有人從陰間跑回來。」

「從陰間跑回來？」我忍不住重複說了一次。

雖然是很嚴重的狀況，至少確定不是我闖的禍，我偷偷放下心中的一塊大石頭，繼續聽真理子小姐說話。

有台老式腳踏車迎面而來，為了閃過真理子小姐，急轉了龍頭。不知從何時開始，我們走在陌生的街道上。

「一度離世前往陰間的人居然衝破二號館的銀幕返回人間，已死的人回到塵世，可不得了。」

「原來是這麼一回事啊。」

真理子小姐聽見我的呢喃，非常驚訝，似乎是對於我能如此乾脆就接受這麼超現實的事情而感到訝異。

「小菫妳很快就接受了呢。」

我之所以能這麼老實地聽著真理子小姐的說明，是因為我潛入二號館的深夜電影場，親眼目睹了那不符合現實的景象，但我沒有勇氣向真理子小姐坦承，只好若無其事地換個話題。

「呃，我可以問個問題嗎？」

「什麼問題呢？」

「真理子小姐也已經過世了嗎？」

「嗯，在妳出生前我就已經是幽靈了喔。」真理子小姐微微挺起胸膛。

「那麼真理子小姐不去看深夜電影，是有什麼特別的理由嗎？」

「這是因為……」面對我的問題，真理子小姐將她纖細的食指抵在下巴上，凝視天空。她一直沉默不語，久到讓我有點擔心，她突然害羞而忸怩地說：「因為人家戀愛了。」

「啊？」

「我去年夏天為了看《人生走馬燈》而來到蓋勒馬影戲院，卻愛上了經理。好不容易可以前往彼岸了，明知不該在這裡拖拖拉拉，可是我就是沒辦法離開喜歡的人。」

「我懂！」我突然停下腳步，握住真理子小姐冰冷纖細的雙手點點頭。我懂，戀愛是女生一切行為的動力。只是我不懂為什麼對象是經理。

「妳可以理解我說的嗎？」

真理子小姐突然變得神采奕奕。

「可是如果找不到『回來的人』，經理就得負起責任，如此一來，我賴在蓋勒馬影戲院的事也會被發現，那就糟了。」

「所以經理才會那麼慌張嗎？那是要我們也一起去找『回來的人』，就像美女幽靈和少女偵探的組合那樣？」

我有點害怕又有點期待，緊張和興奮的情緒讓我心頭一熱。

但是真理子小姐像個幽靈般緩緩擺手說：「不是、不是，經理不會讓我們做這麼危險的事，他是要我們去訂製二號館的銀幕。」

「原來只是跑腿啊。」無法成為少女偵探，我不禁抱怨起來。

但即使是跑腿的，也還是特別的任務吧！畢竟每個客人看到的《人生走馬燈》內容是不一樣的，先前聽說二號館是接收通訊衛星傳來的數位資訊放映電影，這一切真是太不可思議了。究竟是哪裡的通訊衛星，又是送來什麼樣的資訊呢？投射不可思議的數位電影所用的不可思議的銀幕，也必須前往不可思議的地方才能找得到。

「可是，銀幕要去哪裡訂製呢？」

看我面露困惑，真理子小姐發自喉嚨深處呵呵地笑了。

「其實我們已經走到那個不可思議的地方了。」

當我全神貫注聊天時，身邊的景色已經轉變。後站商店街雖帶有復古的情調，然而我們現在所在的地方卻像重現昭和時代風景的博物館。

但是這裡和博物館不一樣的是，空氣中有人生活的味道：廢氣味、水溝的泥濘味、玄關盛開的花朵香氣和廚房飄來的燉肉香味，這是有人居住生活的街道才會有的味道。耳邊傳來店家播放的有線電視台音樂，也是以前流行的曲子。

「這裡是？」我邊問邊走到很久以前就已經關閉的路面電車車站。

車輛行人稀少的街道對面是可以聽古典樂的咖啡店，我曾經在姨婆的舊相簿中看過那家店。咖啡店隔壁是和服店，和服店旁邊是電影院，電影院旁邊還是電影院。第二間電影院掛著色情電影的看板，再過去是鞋店和娃娃車專賣店。

在我問出這裡是哪裡之前，真理子小姐已經先興奮地搶答了。
「這裡是後站三丁目喔。」
「後站不是只到二丁目嗎？」
「是啊，所以這裡是『後站二加一丁目』。」
看來我又來到了奇妙的地方。
「也有人說這裡是倉庫町，被拆除的建築物或是消失的風景都會化為幽靈，來到這裡。」
「沒有生命的物體也會變成幽靈嗎？」
「例如幽靈船就是化身為幽靈的船。」
「咦？咦！」
看到我驚訝的模樣，真理子小姐一臉得意地繼續說明。
「後站二加一丁目」雖然是任何人都可以來的地方，但得是真的有必要來到這裡的人才會看得見它的存在。
「這裡是個不為人知的地方，就像一直到畢業都被人遺忘其存在的同學一樣。」

「我大概就是這樣吧。」

「那也沒什麼不好啊。」

既然有街道，就有在這裡生活的人，例如厭世者、仙人、隱者或是無處可去的遊魂。

「這些人都是幽靈嗎？」對已經是幽靈的真理子小姐說這種話很奇怪，但我還是偷偷指著路人，非常害怕。

「不是，他們大部分都還活著。」

「那我們為什麼要來這個『後站二加一丁目』呢？」

「這裡不是有很多古早的電影院嗎？所以專門修理銀幕的工匠也在這一帶。」

那名工匠聽說可以瞞著不可思議的陰間當局，修理二號館的銀幕。

「所謂不可思議的陰間當局就像天國的市公所嗎？」

對於我的疑問，真理子小姐好像也不太清楚，只歪著頭說：「大概吧。」

「經理說昨天的事情要是浮出檯面就會很麻煩，所以我們得偷偷地將銀幕修好。」真理子小姐邊說邊走進一家叫做「美味燒」的點心店。這家店很小，只擺得下烤美味燒的鐵板和收銀機。

「這裡是修銀幕的地方嗎？」

「不，只是順路。」

真理子小姐說完之後，把手心伸到我鼻子前。我慌慌張張地放下後背包找零錢包。

「一個才五十圓，好便宜。」我望向牆上貼的價目表，一百圓可以買兩個美味燒，於是將一百圓遞給真理子小姐。

「對不起，我是幽靈，沒辦法帶錢包。」

真理子小姐對我解釋的當下，身穿黑底印白字「美味燒」T恤的男子把兩個美味燒放進紙袋交給我們。

「我從以前就莫名喜歡這家美味燒。」

在真理子小姐的笑容誘導下，我也跟著咬一口。

「嗯？」該怎麼說呢？這美味燒吃起來有廚房抽風扇的味道，該說是沒有認真打掃的廚房抽風扇上油膩膩、黏答答的油汙味？還是有些不對勁的甜味呢？總之這個美味燒一定很久沒有換油了。

我才將心得說出口，真理子小姐就像個高中女生般興奮地蹦蹦跳：「對啊，對啊！我高中時常吃這家美味燒，只是因為一點也不好吃，很快就關門大吉了。」

「然後那家美味燒是在這裡重新開張了嗎？」真理子小姐覺得難吃到會懷念的味道，對我而言只是純粹的難吃。

真理子小姐說她在我出生之前就已經過世，但是美味燒的老闆看起來卻很年輕。

「妳說到重點了。」

原本的美味燒老闆夫婦早就已經轉行，是那個想要繼承這味道的年輕人接下了那家店，重新在「後站二加一丁目」開店營運。據說想要延續這種懷舊之情的人，都會聚集在這裡。

「聽了是不是令人覺得很安心呢？」

「原來如此，就是所謂繼承傳統對吧。」我自己說完都覺得哪裡不對勁。真理子小姐三兩下就吃完一點也不美味的美味燒，還連我吃不下去的那個也一併解決。我有種被淨身的感覺，鬆了一口氣，可是廚房抽風扇的味道還是一直殘留在嘴裡。接著才想說我要吃關東煮時，我們正好走到目的地。

身穿烹飪圍裙、綁著頭巾，一身懷舊打扮的大嬸拉著沉重的攤子通過，她身後有一間店，招牌上寫著「修銀幕」。

我們推開木框已變形的玻璃門，一名看似難搞的老伯伯抬起頭來，瞪著我們。老伯伯把眼鏡上的可動式老花鏡片往上推，銳利的眼神在我和真理子小姐之間緩緩移動。他的鼻翼右邊有一顆很大的黑痣，看起來好像有三個鼻孔，我差點笑出來。

「俺小時候戰爭剛結束，看到電影院的銀幕就撕破拿去賣，藉此大撈一筆，畢竟想賺錢就不能走正路。」

他說話的方式好像在唱戲，我和真理子小姐都看得目瞪口呆。

「妳就是蓋勒馬影戲院的老闆娘吧？和這位年輕的小姐一起來找俺，辛苦妳們了，聽說昨天晚上發生大事？」

修銀幕的老伯伯把手放在長方形火盆旁邊的水晶球上，念了句「嗚啦啦」後，滿臉皺紋的臉上露出賊笑。

「妳們要不是遇上十萬火急的狀況，也不會找上俺這個落魄的銀幕工匠。經理正東奔西跑要揪出犯人吧？也不無道理，他非得如此，畢竟要是給上面的人知道了，他就要被釘在架上公開處死。」

釘在架上公開處死？

「真、真理子小姐，是這樣嗎？」

聽到我驚慌的疑問，修銀幕的阿伯跳了起來，臉色大變。

「妳、妳剛剛叫這個女人真理子嗎？」

修銀幕阿伯推了好幾次老花眼鏡將真理子小姐來來回回看了又看，又摘下眼鏡，一步步將臉湊近真理子小姐。

「請問我們認識嗎？我怎麼都想不起來。」

看到真理子小姐困惑的模樣，修銀幕阿伯突然整個火氣都上來了。

「喂，真理子，妳這隻花心的狐狸精，妳敢說妳忘了老子這張臉嗎？」

「您說得太過分了。」

我忍不住插嘴，真理子小姐卻勸阻我：「沒關係，我從以前就老是被罵狐狸精或壞女人。」說完之後，她皺起眉頭。

「啊！老伯你是阿銀嗎？你是阿銀吧。」

「老子才不是什麼老伯咧，混帳！對，老子就是阿銀。」

修銀幕阿伯說真理子小姐生前當酒店小姐時，他是她的客人，兩人本來說好要結婚，於是他有多少錢就拿出多少都供給真理子小姐，自己則過著貧困的生活。然而就在他去賭自行車賽幸運地大賺一筆，買到戒指的那一天，真理子小姐居然成為別人的情婦而離開酒店。

「還不只如此。」

後來真理子小姐又懷上別人的孩子，陷入男女多角關係，最後被人殺害，成為徘徊在人間的幽魂。

「別說了！不要在孩子面前說這些事。」

「裝模作樣！」

修銀幕阿伯起身立膝，並拍了一下立起的那隻膝蓋。

「滾！給我滾！老子死也不會幫妳忙！」

老伯破口大罵的樣子就像在表演歌舞伎，我差點就要起立鼓掌了。

但是我們沒多久就被修銀幕阿伯拿著長掃把給掃地出門。

「沒辦法修銀幕，都是我害的。」

不僅無法達成經理交代的任務，剛剛修銀幕阿伯說的話也帶給真理子小姐很大的打擊。

「出門在外，不用怕出醜。」雖然自己也覺得用錯俗語，不過我還是想努力說點什麼來安慰真理子小姐。就在此時，我下意識地抬起眼睛。

狹窄道路兩旁的商店玻璃門由於光線的角度，形成無限的鏡像。

所謂「無限鏡像」是指鏡子所反射的影像出現在另一面鏡子上，另一面鏡子所反射的影像又出現在原本的鏡子上，鏡子如同沒有盡頭的隧道，反射出無數個自己。

原理雖然很單純，在沒有心理準備的情況下突然看到還是覺得很不舒服。騎腳踏車經過的阿伯也化為無數個阿伯，橫越我眼前。但是我卻在鏡像當中發現一個沒有化身為無數個的身影，嚇了一大跳。

那個身影似乎是我們剛剛拜訪的修銀幕阿伯，然而他轉眼間便消失，我連瞇起眼睛要看仔細的時間也沒有。修銀幕阿伯似乎走進片片相連的其中一扇玻璃門。

「小堇，妳怎麼啦？」

「呃……」

當我正在思索該怎麼說明剛剛看到的現象時，腦中突然閃過更重要的事。

「啊，對了！」

我拍了一下手，跳了起來。

「我之前偶然看到放映室裡有卷《人生走馬燈》的底片！」

為什麼我們一直沒有發現這麼簡單的方法呢？

如果用姨婆找到時讓經理慌張不已（現在我已經知道他為什麼那麼慌張了）的那部底片版《人生走馬燈》，就可以在一號館繼續播放深夜電影，如此一來，問題不就解決了嗎？經理這個人也真迷糊，連這麼重要的事情都忘了。

「對吔！」

真理子小姐原本悲傷的表情也變換上一抹笑容。

正當我想趕快回到蓋勒馬影戲院時，真理子小姐的涼鞋卻卡在水溝蓋裡，差點跌倒。

＊

回到蓋勒馬影戲院，我發現爸爸情婦的女兒風間花音正坐在水泥樓梯上。

因為電影院沒開門，美咲小姐只好把小孩丟在電影院門口就走了。

這個人怎麼這麼亂來又這麼無情呢！

想到這裡，我苦惱地快速原地踏步。

「小堇在憋尿嗎？」

「不是！」

花音即使問了傻問題，還是讓我覺得很心疼，忍不住緊緊抱住她。

「小堇喜歡花音嗎？」

「當然喜歡啊。」

花音一聽到回答便問我：「那妳要去我家嗎？」

「這主意不錯。」

蓋勒馬影戲院正值多事之秋，真理子小姐說與其讓花音待在這裡，還不如去她家。畢竟《人生走馬燈》的問題算是告一段落，尋找「回來的人」我們也幫不上忙。如此一來，我居然要去拜訪父親情婦的家，這或許是命運的安排吧？

花音家是距離電影院兩站遠，位在車站附近的市立國宅，五層樓高的老建築，沒有電梯，她們就住在頂樓。

「歡迎光臨！這裡是我們家。」

厚重的鐵門上掛著寫有全家人名字「風間虎太郎　美咲　花音」的門牌，一副家庭和樂的樣子。

風間虎太郎。

風間虎太郎。

風間虎太郎。

我下意識地複誦這個拋家棄子的人名字。

「小堇趕快進來！」

「啊，對不起。」

花音家很小，只有兩房一廳。房子的深處疊放著似曾相見的橘色盒子，多到占去三坪大寢室的一半。

「這……」我沒看錯，全部都是蜜卡娃娃。

蜜卡娃娃有點可愛地彎著兩隻手，以「起立！」的姿勢躺在橘色的盒子裡。幾百個露出門牙、有著相同笑容的蜜卡娃娃躺在風間家的寢室，就連還只是個高中生的我，也知道是怎麼一回事。

「啊啊。」

花音的父親一定是被老鼠會之類的人給騙了。恐怕是巧妙地煽動他大量批進人氣商品莉卡娃娃的仿冒品「蜜卡娃娃」，然而他卻一個也賣不出去，他大概因此借了錢，最後承受不了壓力就離家出走……

結果我爸爸的情婦，也就是花音的爸爸的太太（好拗口！）美咲小姐為了還債，只好早上去超市打工，晚上去當酒店小姐。我爸爸被美咲小姐吸引，蓋勒馬影戲院變成托兒所，賣不出去的蜜卡娃娃堆積如山……想到這裡，我心中突然升起一股猛烈的怒火。

「哎呀！」

看到真理子小姐鐵青著臉，應該也是和我想到一樣的事情。

我重新打起精神，看看花音家的書櫃，有一本令人懷念的繪本《仙女的羽衣》。

「小堇念故事給我聽。」

看到坐在身邊的花音如此可愛，剛剛的氣憤也煙消雲散了。

「妳們這樣看起來，好像真的姊妹。」

不去多想真理子小姐脫口而出白目的話，我還是開開心心地念起繪本。

「從前從前，有個年輕人他做完工之後走到湖邊，看見一隻美麗的天鵝降臨。天鵝脫下白色的羽毛，化身美麗的女子。躲在暗處偷看的年輕人看到天鵝變成人，嚇了一大跳。天鵝仙女不知道年輕人在偷看，把羽衣掛在樹枝上，舒服地洗起澡。年輕人想要可以一直欣賞美麗的仙女，於是把天鵝羽衣藏起來。洗完澡的仙女找不到羽衣，沒有羽衣就不能回到天上，仙女非常苦惱。」

「男生從以前到現在都很壞吔！」

「可是人就是這樣啊。」

我夾在嘗過人生酸甜苦辣的真理子小姐和花音之間，繼續念下去。

「年輕人假裝親切地把自己的衣服借給仙女穿，也為了仙女很努力工作，所以仙女就嫁給年輕人，兩個人生了孩子，全家幸福和樂地一起生活。某一天，其中一個小孩唱著歌：『天鵝的羽衣在倉庫裡，那是仙女的羽衣，爸爸藏在倉庫裡。』仙女照著歌詞去倉庫裡找，結果找出她原本以為已消失不見的天鵝羽衣。

「『親愛的人兒啊，不要拋下我跟孩子遠去。』

「『聰明的人兒啊，人住在人間，仙女住在天上。』

「仙女於是披上天鵝羽衣，回到天庭。」

我念完時，發現從中途就覺得無聊的花音一個接一個地撕開橘色的盒子，用力拔出蜜卡娃娃，真理子小姐則不知為何感動得一直擦眼睛。

「真理子小姐，妳還好吧？」

「人住在人間，仙女住在天上——我被這句話打動了。」

真理子小姐不知為何，好像真的很感動，若有所思地重讀起繪本。花音則在此時打開陽台的窗戶，將蜜卡娃娃朝外丟。

「人家不要這個東西，不要不要！」

花音邊丟邊哭了起來，連我也跟著掉眼淚。

「妳們在亂丟什麼！馬上給我住手！給我撿回去！馬上來撿！」

花音的哭聲和一樓傳來的抗議聲重疊。

我慌張地關起窗戶，從五樓跑到一樓，跑了兩次才收完花音丟下樓的蜜卡娃娃。我實在是太累了，便開起冰箱拿出可爾必思汽水來喝。

「小堇，對不起。」

沒關係，如果這點小事能讓妳開心，要我往返跑一百遍也無所謂。

我一直待在花音家，直到美咲小姐打工回家為止。這段期間，我念完花音家所有繪本，口乾舌燥到把一瓶兩公升的可爾必思汽水都喝完了。

我要回家時，美咲小姐已經為了晚上的工作打扮完畢，和花音一起站在玄關送我出門。

「小堇，今天多虧妳幫忙。妳一個人回家沒問題嗎？」

其實我身邊還有真理子小姐，她正從頭到腳仔細打量美咲小姐身上的緊身套裝。

美咲小姐看不見真理子小姐，所謂眼不見為淨，看不見的人，心就如佛祖般平靜。不對，該成佛的明明是真理子小姐。

「呃，那我……」我尷尬地又鞠躬躬又抓頭，抬頭發現鞋櫃上有個相框，相片裡站中間的是花音，一邊是穿著手織毛衣的美咲小姐，另一邊則是名男子戴著和美咲小姐毛衣相同顏色的帽子。那男的長得和花音很像，都有一雙大眼睛，看來是個年輕的帥哥。

「啊哈哈！啊哈哈……」

美咲小姐慌張地藏起相框，明明不怎麼開心卻高聲笑著。

「啊，對不起。」

我也趕緊點頭道歉，邊倒退走地離開風間家。

（爸爸雖然有不對的地方，但風間虎太郎也是一樣。）

回家的路上，花音和我自己的臉在腦袋裡打轉，我沒怎麼說話。

「呃，小菫啊……」

真理子小姐原本一直盯著自己沒有影子的腳邊，突然猛力地抬起頭來。

「妳說的那個叫做《人生走馬燈》的片子，跟經理報告之前，可以先讓我看嗎？」

「可以是可以。」

說到一半，我大吃一驚，停下腳步。

「可是！」

看了之後，真理子小姐就會成佛了，就會在經理不知道的情況下，一個人前往天堂。

「妳怎麼會突然想這麼做？」

「聰明的人兒啊，活人住在陽間，死人住在陰間。」

真理子小姐小聲地套用念給花音聽的繪本裡出現的對白。

「畢竟我現在這種情況是不對的，我不應該在陽間逗留。」

「嗯。」我不知道該如何回答才好。

「如果經理在的話，我一定沒辦法拒絕他的挽留，可是我不是怨靈，不能一直待在人間。」真理子小姐的聲音十分模糊，就跟以前電影裡出現的幽靈喃喃地說著「我好恨啊」一樣，這時候的她比平常更加蒼白。

*

在此同時，平井玲奈因為感冒而請假。發燒到臉蛋紅通通，一爬起來就被父母押回床上。

「我沒事，我要去學校。」她因發燒、全身惡寒流竄，一點力氣也沒有，旁邊的人一看也知道她病得很嚴重。

「玲奈，不要逞強。」

「玲奈真的很喜歡上學呢。」

聽到父母誇獎自己努力用功，平井同學聽了十分憤恨。

我都說不是了。

父親和平常一樣到自己所經營的平井超市上班；母親把早餐端來床上，

陪著她到吃完成藥後，也去平井超市上班。平井同學的雙親分別是平井超市的總經理和經理。

「如果還是沒好，就打電話給媽媽。」

於是家裡就只剩她一個人。

明明感冒愈來愈嚴重，神智卻愈來愈清醒。祖母的事情一直浮現心頭。祖母過世之後，平井同學不時陷入近乎歇斯底里的恐懼，不過只要過一會兒，就會覺得是自己想太多。但是像這種自己獨處的時候，總覺得祖母真的會回來，甚至覺得她就在家裡。

（所以我才討厭一個人待在家。）

平井同學用羽毛枕蓋住耳朵。就在快要睡著的時候，聽見水聲。是誰忘記關水龍頭了？愈是用厚枕頭壓住耳朵，水聲愈是清晰。

（真是沒辦法！）

平井同學只好起床去關水龍頭。

廚房和平常一樣溫暖明亮，還聞得到點心的味道，感覺很好吃。

不僅如此，還傳來餐具彼此撞擊、倒茶入杯子裡的聲音。

發燒未退的平井同學坐在鋪了張拼布的沙發上，迷迷糊糊地想著家裡明明沒有這種拼布啊。

「玲奈，趕緊趁熱吃吧。」白髮紮成可愛髮髻的祖母，轉身面向她。

平井同學嚇得倒吸一口氣，從夢中醒來。

會做這種夢也許是因為發燒的緣故吧，一起身又被押回床上的平井同學不滿地抗議。

「我沒事，我要去學校。」

「玲奈，不要逞強。」

「玲奈真的很喜歡上學呢。」

「如果還是沒好，就打電話給媽媽。」

家裡只剩她一個人。

耳邊傳來水聲。

（真是沒辦法！）

平井同學只好起床去關水龍頭。

廚房和平常一樣溫暖明亮，還聞得到點心的味道，感覺很好吃。

「玲奈，趕緊趁熱吃吧。」

一整個早上不斷重複在夢境中看到祖母、剛起床時的對話和一個人在家。相同的事情如同兩面對照的鏡子般，重複了一兩百次之後，祖母終於對她說：「玲奈，帶妳那個看得見幽靈的朋友來見我。」

當時祖母就像突然入侵兩面鏡子之間的虛幻之影，聲音變得和男人一樣低沉。在她的圍裙下方可以看見紅色燕尾服下襬，如蟑螂翅膀般的下襬。

＊

同一時期，我媽媽——楠本廣美沒心情去上課，留在家裡。她不知為何，覺得非常想做家事。

媽媽雖然是家庭主婦，卻不太會做家事。儘管她會去烹飪教室學做菜，現實生活和上課畢竟是兩碼子事，可以在教室學煮馬賽魚湯，回到家卻不會做鰤魚煮白蘿蔔。她要上很多課，在家的時間並不長，沒空花時間煮飯做菜。

不過，她倒是很會幫女兒做便當，今天早上的便當，可說是傑作。小小的容器裡以番茄醬炒飯鋪底，上面蓋上和風口味的可愛蛋包；豌豆旁邊是切過再炒的小香腸，造型就像花瓣一樣；迷你漢堡排淋上醬汁，撒上西洋芹；鵪鶉蛋點上幾粒芝麻做出一張臉的模樣；紅蘿蔔、玉米和花椰菜排得像是片小小花海。

雖然女兒從來不曾讚美過便當可愛還是好吃，但是每天拿回家的便當盒總是吃得一乾二淨，比起要勉強說些什麼，這樣的回應法還比較好。我們都是心甘情願這麼做，也都希望不要給彼此帶來壓力。

但是她絕不幫丈夫帶便當，就算花一百億圓請她也不幹。

為什麼呢？因為覺得丈夫一定會評論便當好吃或難吃。不，他應該不敢說難吃。要是有那個膽的話倒是想叫他說來聽聽。那男人跟空氣一樣，空氣、空氣，最近甚至還多了老人味，簡直就像是廁所裡的空氣，令人噁心。

一想到那個人，就覺得煮飯這件事很煩人，那就別煮飯，先打掃吧。

一旦開始打掃，才發現家裡真是好髒。

這棟房子蓋好之後，從來不記得有好好用抹布擦過地。之前玉枝姑姑來訪時，居然沒有開口罵人，想到這裡，不禁冒出一頭冷汗。

好久沒進女兒的房間了。

女兒的房間雖然缺乏可愛的少女情懷，不過至少是乾淨整齊，只是想到這一點像她爸爸，就覺得有點煩。

在電腦跟書架之間形成的死角，放著「蜜卡娃娃」，是丈夫帶回來的怪異禮物。

那男人總是挑準我稍微放鬆時又來把我惹得很煩躁。女兒會把那娃娃放在看不到的地方，也是因為覺得很煩吧，只是她仍規規矩矩放在櫃子裡，這點跟她爸還真是像。

那孩子……楠本廣美想起女兒，忍不住嘆了一口很長的氣。

那孩子居然說不想去上學，說要去什麼蓋勒馬影戲院工作。但是想起當時引發的騷動，竟意外地覺得有趣。身為母親原本應該要擔心才對，然而聽到那老實的孩子說出如此破天荒的話，卻覺得非常開心。之前會無預警地在車站前埋伏、聽她說說蓋勒馬影戲院的事，也是因為心情浮躁，今天蹺課也是出於同樣的心情吧？

桌上放了一本老舊的攝影集，是以前曾看過的一本狐猴攝影集。那原本是我堂姊的，她跟小堇兩人感情很好，只是堂姊已經離開人世。

只有小堇理解堂姊為何喜歡狐猴，還把珍愛的攝影集借給她。然而沒多久，堂姊就因為生病而突然過世。她們似乎覺得原始猴類的大眼睛和尖鼻子很可愛，實在不懂她們的嗜好。

由於懷念堂姊，也覺得喜歡狐猴的女兒很可愛，於是她翻閱起那本狐猴攝影集。一頁、兩頁、三頁。約莫翻到中間的頁數時，她發現了那張立可拍。

那男人總是不會看場合，老是趁我稍微放鬆之際就突然冒出來。

她瞪著那張照片。

顏色淡雅的室內看起來像是酒店，「club・alibi」這個店名未免也太可笑！她看著照片，皺起眉頭。在刻有店名「club・alibi」的胸型雕像旁和酒店小姐臉貼臉拍照的正是丈夫楠本愛郎……

6 沒有靈感的幽靈

蓋勒馬影戲院辦公室裡有個樓梯，爬上去是放映室。

才剛關上大門暫停營業，電影院裡就馬上都是灰塵的氣味，讓人感覺電影院已經倒閉，我趕緊把不好的預感趕出腦袋。但是那股陰鬱在我走進拉上百葉窗的陰暗辦公室時，又更加濃烈。

「嗚哇！」

樓梯入口放了平常沒有的東西，害我差點跌倒。

「這是什麼？」

那是比放映室裡的放映機小一些，但是看起來很重的放映機。

簡單說，就是四方形的機台背面與上面有裝底片用的轉盤，模樣像是隻已退流行的機械米老鼠。

「為了要放映深夜電影而整理二號館，因為沒地方放就拿來了。」

「啊？」

那二號館其他多到可以裝好幾卡車的東西又去哪裡了？

怎麼想也想不出答案，總之我就爬上前往放映室的陰暗樓梯，真理子小姐跟在我身後。

「有働先生的放映室。」我感慨地小聲念著。

殘留底片酸味的空間當中，沒有任何一項與播放電影無關的東西。正當我這麼想的時候，突然發現鐵製層架上有一支黑色手機，看來有働先生把手機忘在這裡了。難道他是個會丟東落西的人嗎？

「手機忘在這裡，就也沒辦法打電話通知他呢。」真理子小姐心不在焉地說。

「我等一下拿去給他！」我憑著一股勁說出口之後，又害羞地改口：「一個人住，沒有手機很麻煩吧。啊！可是也不知道他是不是一個人住就是了。」

「有働好像還單身喔。」

真理子小姐漫不經心地走去辦公室取了員工名簿過來。說是員工名簿，其實裡面也只有我和有働先生的資料而已。

儘管如此，靠這名簿不但可以得知有働先生的住處，還能以送手機的名義去他家，我真是太幸運了！

「小菫看起來好像很幸福。」

真理子小姐欲言又止地看著鐵架上的金屬底片盒，裡面裝的正是送過世的人上西天的電影《人生走馬燈》。

「小菫，妳知道怎麼播放嗎？」

「有働先生的一舉一動，我都記得清清楚楚。」我拿起底片盒，站在放映機旁。

姨婆來參觀電影院時，我就學會怎麼裝底片了，對一個機器白癡如我而言，這簡直是奇蹟，但只要想到這是愛的力量，就不覺得有什麼好稀奇的了。

然而想到接下來要做的事，就令我開心不起來了。

真理子小姐雖然是幽靈，畢竟也是我少數的朋友之一。儘管死去的人要離開人世是宇宙運行不變的道理，但是真理子小姐啟程前往那個世界的話，我心裡將會永遠留下一個空洞。

「不論是誰，總有一天都必須分離，相遇時愈是高興，分開時也愈是難過呢。」

「有妳這句話，我真是太高興了！」

真理子小姐舉起細瘦的手臂抱住我，冰冷的寒氣像閃電一樣竄過全身。

「那我們開始吧！」

真理子小姐以悲傷的語氣小小聲地說，彷彿在說服自己。

「妳真的不再見經理一面嗎？」

「嗯。」真理子小姐的聲音就像在考我聽力般細微。

我很用力要聽到真理子小姐的話，卻在此時聽到遠處傳來腳步聲。

「怎麼了嗎？」

真理子小姐發現我很緊張嗎？下定決心要告別人間的她看著我，臉上是擔心與不安交織而成的複雜表情。

我從放映窗朝觀眾席瞄了一下，只看見一片漆黑。

「是我想太多了。」

我重新裝好底片，關上放映室的燈。連我也太過緊張，都可以聽見自己的呼吸聲。

呃。

身邊傳來打嗝的聲音。可是我沒有打嗝。

「真理子小姐，妳剛剛打嗝了嗎？」

「我已經死了，橫膈膜不會再動了。」

「也是。」

究竟是誰躲在這裡？

我打開放映室的燈，抬頭仰望閃爍的螢光燈。燈光完全亮起的同時，環視四周，放映室裡當然還是只有我跟真理子小姐。

「是我想太多了嗎？」

「是妳想太多了。」

真理子小姐瘦巴巴的手比向放映機催促我。

「趕快看吧，否則經理來的話，我，我就……」

「好。」

沒時間再拖拖拉拉了，我堅強地點頭。於是我再次打開放映機，關上放映室的燈。燈箱射出的光源在銀幕上打出倒數的數字。

我和真理子小姐站在放映機兩邊，從朝向觀眾席的窗戶看出去，專心看著銀幕。

好不容易開始播放的電影不用調整焦距，影像十分鮮明，聲音聽起來也不像是透過喇叭，而是從其他地方傳來。總之，像親臨現場一樣的真實。

仔細想想，還沒有要成佛的我照理說不會看到《人生走馬燈》。我還活著，所以應該是看著十分無聊的電影打瞌睡，和昨晚一樣夢到花田與郵局。

然而我今天看到的底片版《人生走馬燈》卻不是看到會睡著的無聊影像，所以也沒有再做那已成了都市傳說的噩夢。

我透過放映室的窗戶，看到茶會的景象。坐在可愛鄉村風裝潢客廳裡的是平井同學和她母親。

（咦？）

我耳邊傳來巴洛克音樂的悠揚樂聲，甚至還聞到冒著熱氣的茶香。平井同學與母親表情僵硬，不發一語，連茶也不喝。如果沒聽到音樂，我恐怕會以為是喇叭壞了。鏡頭緩緩移動，照到牆上的精美壁架，接著鏡頭突然特寫蜜卡娃娃。

為什麼我會看到《人生走馬燈》？難道我已經死了？愈想愈覺得不妙。

蜜卡娃娃旁邊是一把有花飾的手鏡，主觀鏡頭的那個人拿起鏡子要照自己。

拜託，鏡子裡不要出現我的臉。

等等！可是我從來沒有招待平井同學參加茶會，我家也沒有這麼可愛的客廳。不過影像裡的場景跟姨婆家的客廳有點像，姨婆家的院子有餵野鳥的飼料台，姨婆還幫每一隻來吃飼料的鳥取名字……當我胡思亂想時，鏡子裡出現臉的前一刻就切換成其他影像了。

畫面突然變成一片藍色，我花了一點時間才發現那是一片蔚藍晴空。

鏡頭——或者該說是「某人」的視線在凝視電線橫越的藍天和房子的外

牆之後就慢慢淡出，結果《人生走馬燈》就這麼沒頭沒尾地結束了。

這究竟是誰的《人生走馬燈》呢？

如果這是我的《人生走馬燈》的話，代表我已經邁向另一個世界了吧。

我的視線離開銀幕，試著搖晃自己的雙手並跺跺腳，確認自己還活著。沒事，看來我還在這個世界。這時候我才突然想起真理子小姐，慌張地望向放映機的另一端。

（真理子小姐走了嗎？）

不。真理子小姐沒有升天，而是靠在放映機上站著睡著，還從半開的嘴巴裡，傳來打鼾聲。

「哎呀，我不但徹底睡著，還做了一個夢。」

真理子小姐小睡之後精神舒爽，還打了一個哈欠。

「真理子小姐沒事嗎？」

「與其說是沒事，看來我好像沒有辦法成佛呢。」

真理子小姐鬆了一口氣，低聲說：「我沒有靈感，感應不到那個世界，不過我在夢裡看到我熟悉的地方喔。」
真理子小姐應該是夢到很開心的事吧？雖然是幽靈，臉蛋卻閃閃發光。
所以真理子小姐看到的不是《人生走馬燈》，只是單純睡了一覺。
「妳做了什麼夢？」
「那是我知道的地方，是在山頂上有間不可思議的郵局，後面是廣闊的花海。我之前每次去都被趕走，今天去又挨罵了。」
「難道是一個電棒燙的歐吉桑嗎？」
「對啊，那個人脾氣真的很差。」真理子小姐又打了一個哈欠。
為什麼真理子小姐會夢到活著的人才會做的夢？而且這個噩夢還是真理子小姐記憶中的場景。另一方面，我卻看了不知是誰的《人生走馬燈》，甚至有種是我變成幽靈的錯覺。
「呃！」我在心中反芻剛剛看到的影像。
平井同學與茶會、中斷的影像、橫跨天空的電線。
「啊，難不成!?」

我突然想起之前媽媽告訴我的事。

媽媽說她和七枝阿姨曾來蓋勒馬影戲院看電影，放映師誤把日本的武打片和法國片接在一起。

「怎麼了嗎？」

無法成佛的真理子小姐不知為何，變得比以前更有精神。

老實說我很高興真理子小姐依然待在我身邊，心中的大石頭也隨之放下。另一方面，我卻像是得了感冒似地，身體好重。

「搞不好是底片有問題。」

我把《人生走馬燈》的底片從放映機上拆下來，拿到剪接台上。檢查影片中斷的部分，的確有剪輯的痕跡。

「果然被動過手腳，這卷底片有一部分被剪掉了。」

我不禁大聲呼喊，轉身面對真理子小姐。

「哪裡、哪裡？」

放映室裡需要剪接的只有拆成上下集的影片，長度只有一卷底片的短片根本不需要剪接。換句話說，有人基於某種意圖竄改了底片版的《人生走馬燈》，我也因此無法判斷這究竟是誰的《人生走馬燈》。

「好煩啊。」

我沒禮貌地發出嘖嘖聲，放映室的牆壁好像在責罵我一樣發出聲響。

「咦？」

再怎麼說我也是有陰陽眼的人，可以發現自己身陷危機，也許這就是所謂的靈異能力吧。雖然可以通靈好像很厲害，但是不對啊，我為什麼會身陷危機呢？好可怕。

身體突然變得更加沉重，關節也不聽使喚，簡直像是被附身。我搖搖晃晃地走向放映室的窗戶，發現陰暗的觀眾席上似乎有個深紅色的人影。與其說是人影，感覺更像是有咖啡色翅膀的巨大蟑螂。

「真理子小姐，不好意思得跟妳說件可怕的事情。」

我緊緊抓住真理子小姐。

「我覺得好可怕，好像有什麼東西潛入電影院要附身在我身上。」

「哎呀！」真理子小姐畢竟是幽靈，挺起胸膛對我說：「這種時候就交給我吧！我們去拜一下辦公室裡的神壇……」

正當真理子小姐說出這句話時，一陣巨響傳遍狹小的電影院，彷彿天搖地動。

「去拜神也是沒用的啊啊啊啊啊。」那是如同好萊塢電影預告片般，充滿戲劇性的可怕聲音。

我忘記剛剛覺得身體變得沉重的事，嚇得哇哇大叫。

「沒關係，我保護妳！」真理子小姐也和我一起顫抖，聲音聽起來非常不可靠。

我抓住和冰塊一樣冰冷的真理子小姐，豎起耳朵，發現放映室的窗外傳來無機質的聲響。我和真理子小姐一起蹲下，接近聲音的來源。黑暗當中，的確有個奇怪的人影站在舞台上。我們緊緊抓住彼此，一起走向觀眾席。

「經理！」

潛入沒有燈光的影廳，在舞台上盤腿的人正是經理。在放映室的燈光與逃生口的綠色燈光之下，隱約照亮了經理的臉。

經理嘀嘀咕咕地說：「最近喇叭的狀況不太好。」然後他又神經質地搖晃尖尖的鬍子，聲音粗啞地問我們：「不管喇叭的事，妳們剛剛去哪裡了？」

我只看過經理對真理子小姐撒嬌或耍害羞，現在卻連在真理子小姐面前都一副凶樣，讓人覺得有點可怕。

不對，經理不是在生氣。他誇張的鬍子和圓滾滾的眼睛都像戴上慶典的面具般沒有情感，讓人猜不透心裡在想什麼。

「我們剛剛在放映室。」我不會說謊，只好小聲地回答。

「妳們在放映室做什麼？」

「呃，呃，我在找有働先生的失物。」

我的聲音變得更小，一邊拿出有働先生的手機給經理看。經理從鼻子噴出一口長長的氣，整齊硬挺的鬍子因而晃動。

「真難啊。」

看來經理的注意力已經從我們身上轉移到故障的喇叭。

「還是這裡呢？」

經理一轉動螺絲起子，喇叭再次發出「這麼做也是沒用的啊啊啊啊啊」的巨響。

「請問『回來的人』找得怎麼樣了呢？」

我戰戰兢兢地面對雙手拿著工具，陷入思考的經理背影開口。

「咦？」經理嚇了一跳，回頭看我，粗魯地回答一句：「沒找到。」

＊

我帶著手機前往有働先生家，出乎意料地他顯得很高興。

「我都沒發現把手機忘在電影院了。」

有働先生說他沒什麼朋友，平常也不會有人打電話或是傳簡訊給他。

他居然老實告訴我這些事，真是個坦率的人。他剛好在泡咖啡，於是邀我進屋裡去喝咖啡，讓我開心得快飛上天。

有働先生住的地方和我家不同方向，搭上巴士後沿國道向東行，就能抵達那生活步調緩慢得恰到好處的住宅區。每一戶的前院都打理得很美，他家也是好像童話世界裡的可愛房子。

「這是有働先生的房子嗎？」我問了沒禮貌的問題，心裡更失禮地想著「憑蓋勒馬影戲院的薪水，根本租不起這樣舒適的獨棟透天厝。」

有働先生馬上就察覺我的想法，笑著回答：「這房子出過事，所以房租很低廉。之前有獨居老人孤單地在這房子裡死去，我才能用便宜的租金租到。」

「喔。」聽到獨居老人一個人死去，我不禁想起平井同學的祖母。雖然不知道平井同學說的異象是真的還是想太多，但她為了異象而身心俱疲卻是不爭的事實。

仔細想想，我會逃學也是因為平井同學。雖然覺得她很可憐，不過昨天真理子小姐那樣對她惡作劇，這陣子應該不會見到她了。

「妳在發什麼呆？喝口咖啡吧。」

聽到有慟先生開口，我趕緊坐在廚房的桌邊。美麗木紋的桌子上放了一個沉重樸素的馬克杯。沒有附上奶精和砂糖，應該是因為他不加的關係。

房子本身的裝潢是古老的鄉村風，有慟先生自己的東西十分單純，幾乎都和電影有關。

不同於整齊的放映室，房子裡四處放滿從放映機拆下來的燈具、鏡頭、圓盤、首映會特別贈送的模型、電影雜誌、電影業求職刊物、畫了特殊化妝的殭屍頭部……總之一切的一切都跟電影有關。

「房子好大，真好。」

我覺得好像得說些誇獎的話，於是適當地恭維。

「房東住在隔壁，就是那個像倉庫的破房子，電費也是房東在付，很奇怪吧！」有慟先生和平常一樣語帶諷刺。

我望向窗外，院子裡的確有一棟小房子。

那棟平房看起來不到三坪大，但是比有慟先生家看起來新得多，裝了窗簾和門外有瓦斯桶表示有人住，只是與其說是房東家，感覺更像小孩子的祕密基地。

有慟先生家的屋簷下有一條筆直延伸的電線牽到隔壁，因為他的電是由房東負擔。這世上也許真的有這麼好的房東，可是說奇怪也的確是很奇怪。

「無論是蓋勒馬影戲院還是這棟房子，我好像都跟奇怪的地方特別有緣。」

有慟先生話說到一半，便盯著我看了一會兒，然後像是突然想起什麼，便伸手從殭屍擺飾旁邊取來砂糖和奶精。

「我之前就想問妳。」

「是。」

「妳為什麼想在蓋勒馬影戲院工作呢？」

因為有你啊。我忍住說實話的衝動，也知道自己臉紅了。糟了，我現在看起來一定跟紅蕪菁沒兩樣。

但是有慟先生並沒有看我，而是大口喝下苦澀的咖啡。

「也許是因為我老是在聞底片的酸味，所以不喜歡咖啡有酸味。這會影響我不喜歡喝咖啡嗎？我也不清楚，總之就盡量買口味偏苦的咖啡豆。」

「啊？」

「妳這個年紀的人對於蓋勒馬影戲院這類老舊的電影院應該很陌生吧，要看電影應該都是去影城。」

影城是指大型電影院，有大銀幕的影廳也有小銀幕的影廳等各種看電影的空間。

「無論上映的是首輪電影、二輪電影還是色情電影，小電影院可以說是瀕臨絕種。雖然大家常說電影院會一間接一間的消失是因為出現了出租店或是影城，但是我覺得時代改變，看電影的方式也隨之改變，這並不是壞事，只是我想待的地方愈來愈少，還是讓我很頭痛。」

「有働先生喜歡小電影院嗎？」

「對啊。」說完之後，又加了一句：「與其說是喜歡，不如說直覺上覺得小電影院是適合自己的地方。」

然而他目前為止任職的電影院一間接著一間關門，他也只好一直換工作。

「面試的時候，老闆一定會問為何想來這裡工作，我都會說：『我適合待在破舊的電影院。』我也知道自己很沒禮貌，可是我說的是實話，因為我不想撒謊。如此一來，老闆就會說：『在電影院工作很辛苦喔。』如果是為了喜歡的事，就算辛苦也不會覺得累。」

有働先生的雙眼閃閃發亮。

相較於我這種沒有夢想，覺得工作不過就是賺錢手段的人，眼前有働先生純粹的心靈令我感動。不對，比起純粹的心靈，他願意與我分享想法的光榮更讓我顫抖。

「不過蓋勒馬影戲院大概快不行了。」

「咦？有働先生快撐不住了嗎？」

「不是我，是經理。我想他大概是因為電影院經營困難才會這樣神經衰弱，還說什麼有小偷闖進倉庫，為了抓小偷而暫停營業，又對著空無一人的地方大喊『真理子』，完全是個怪人。」

「那是因為……」

我說不出蓋勒馬影戲院真正的功能、這次的事件和真理子小姐的真實身分，只能大口喝下苦澀的咖啡。

（有慟先生，這世上有幽靈喔，蓋勒馬影戲院是個特別的場所。）

如果我說實話，有慟先生可能也會跟學校同學一樣以異樣的眼光看我吧。好不容易我們才變得親近一點，說了以後他可能再也不會這樣對我了，而且說了也就等於是背叛經理和真理子小姐，我得要避免這麼做。

「就算蓋勒馬影戲院倒閉了……」

有慟先生也無所謂嗎？我嚥下了下半句。怎麼可能無所謂呢？但是有慟先生完全知道我接下來想說什麼。

「誰教我喜歡這些會逐漸消逝的事物，所以也沒辦法。」

「呃，呃，有什麼我可以做的嗎？」

「我想妳還是乖乖回去上學比較好。」

「我不是這個意思。」

我喜歡的人喜歡逐漸消逝的事物，而我們相處的地方也即將消失……

這種時候，我若是一點挽救的方法都沒有，那還得了！

這不就是姨婆說的應當要去克服的人生挫折嗎？

「呃，總而言之，之所以，以後，後來，來、來？咳咳咳……」

強打起精神的我突然湧起玩文字接龍的衝動，玩到一半發現有働先生面露奇怪的表情，我只好刻意誇張地咳嗽來掩飾。

有働先生應該覺得我是白癡。請你理解這是在喜歡的人面前過於興奮的少女所做出的一點怪異行為。

「有働先生知道『後站二加一丁目』嗎？」

「那是哪裡？」

「那裡又叫倉庫町，因為時代變遷而消失的建築物、鐵路和店鋪的幽靈都會聚集在那裡，那裡也有很多電影院。」

「妳在說什麼？」

糟糕。我怎麼又犯下這種錯？

「後站二加一丁目」不是比有陰陽眼更奇怪的話題嗎？為了吸引有働先

生注意，我居然選錯話題。

「妳真愛幻想。」

好險有働先生以為我說的不過是孩子的幻想，但是他接下來說的話卻出乎我意料。

「要是多一點像妳這樣的人，我應該會活得比較輕鬆。」

「啊？」

這句話根據不同的解釋，也可以說是告白，我還以為自己聽錯了。比起親眼目睹深夜電影的奇蹟和發現蓋勒馬影戲院的真相，現在的我簡直驚訝到快死了。

不對，讓我全身僵硬的應該是所謂的幸福感。對於平凡無趣又不知道初戀為何物的我而言，就算有働先生只是自言自語並沒有特別的意思，還是讓我高興得飄飄然。

叮咚。

居然有人在這時候跑來打擾，我當然馬上在心中把犯人綁在標靶上，朝他射飛鏢。

叮咚叮咚叮咚。

不速之客不斷地摁門鈴。

有働先生抓抓頭，站起身去開門。我也悄悄跟上，豎起耳朵偷聽，戰戰兢兢地想會不會是他女朋友來訪，結果犯人，不對，不速之客是房屋改建修繕工程公司的業務。

「我從外面觀察，發現府上如果不做防震補強的話，地震發生時房屋可能會倒塌。

「房子的根基已經腐朽，隨時都可能會倒喔。

「您很幸運，目前我們正在舉辦屋況免費健診的活動。」

他流暢的推銷詞和我之前在電視新聞上聽到的一模一樣。

「我只是房客，有事請去找房東。」有働先生冷淡地回應，熟練地把對方趕走了。

根據新聞報導，這類業務員的口才通常比一般人好上許多倍，但有働先生一句話就能把他們趕走，果然不是泛泛之輩。

「這裡常常有業務員上門推銷。」

有働先生發現我跟來，對我說明。

「不過房子要是真的倒了，可就麻煩了。」

我跟在走出房子的有働先生背後，發現大門旁邊，也就是柱子的影子投射的地方有一張小小的銀色貼紙，正中央交錯的帶狀圖案——莫比烏斯帶上畫了鶴與烏龜。

「啊！肥羊貼紙！」

這也是我看業務員失蹤的新聞學來的知識。無良業者會在盯上的住戶門口偷偷貼上這張貼紙作為標記，告訴其他無良同業說「這裡有肥羊」的邪惡貼紙。

令人驚訝的是貼在有働先生家門口的貼紙，和新聞裡失蹤業務員所屬公司的標誌一樣。

「這是電視上說的無良業者所做的肥羊貼紙，被貼上這貼紙就糟了。」

我撕下無良業者做的標記，眼看附近沒有垃圾桶，只好先塞進自己的裙子口袋。

「哦！好像〈阿里巴巴與四十大盜〉。」

「那個故事在說什麼？」

「嗯，我也不記得細節，簡單來說就是阿里巴巴發現盜賊藏匿寶藏的地方，四十個盜賊得知便決定要取他性命。」

「真是身陷危機呢！」

盜賊找到阿里巴巴的家，還在他家做了標記。

但是阿里巴巴的婢女馬爾基娜在附近其他房子上也畫了一樣的標記，讓這群盜賊陷入一團混亂，拯救了主人。馬爾基娜不僅美麗，還十分聰明，大概是這樣的故事。

「所以馬爾基娜最後跟阿里巴巴結婚，從此過著幸福快樂的日子了嗎？」

「不，她嫁給阿里巴巴的兒子。」

「原來阿里巴巴是歐吉桑啊？」

「不過仔細想想，比起馬爾基娜在其他房子畫上一樣的標誌，像妳一樣把畫在阿里巴巴家門的記號擦掉不是簡單多了嗎？」

「啊哈哈。」

這是在說我楠本菫比美女馬爾基娜更聰明的意思嗎？我又再次高興得快要飛上天，有慟先生的心情也比平常好得多，還要我再喝一杯咖啡。

「我自己倒就可以了。」

我回到廚房，拿起裝咖啡豆的袋子，發現地板有個地方怪怪的。那塊木板地上有一個直徑約一公尺的圓形部分，和其他地方顏色不一樣。

（真可愛，這就是所謂地板下的收納空間吧？好獨特的設計。）

住在隔壁小房子裡的房東一定是個怪人。明明這房子比他那間狹小的屋子舒服多了，他竟然將這裡租給別人，自己住小房子。

當我想到這裡，抬起眼睛時，發現放咖啡機的鐵架後面，有一本用夾子夾著隨意吊掛的月曆，而月曆後方則有一樣出人意表的東西——僵著笑容，微張的小嘴露出門牙的蜜卡娃娃。

（為什麼？）

難道是花音的爸爸看到這家門口的肥羊貼紙，於是上門推銷嗎？

還是？

還是……我得想想這背後發生什麼事。我強烈覺得自己一定想得出後面的事，然而現在我的思緒卻跟玩文字接龍卡住時想不出合適的字眼一樣。

還是……還是……

「啊啊！」我的思緒突然中斷。

正當我跟蜜卡娃娃一樣咬緊牙關、瞪視窗戶時，發現院子裡的樹叢躲了可疑人物。

為什麼大家都要打擾我的幸福時光呢？

可疑人物不斷窺視有慟先生家。

剛剛的無良業務員接下來要去找房東嗎？還是為了說服房東改建房子，

在尋找這房子有沒有什麼已破爛不堪的地方呢？還是……？

從庭院樹叢冒出來的人影是個小個頭、削瘦，身穿紅色燕尾服的中年男子。

「有慟先生，我發現有個奇裝異服的可疑人物！」我指向窗外的人大叫。我的聲音聽起來與其說是害怕，不如說是孩子氣地嘲笑對方穿著過於可笑。

有慟先生聞聲跟著跑來窗邊看，然而他只是不明所以地皺起眉頭。

「人在哪裡？」

「在那邊啊，你看！」

有慟先生的語氣略帶責備，於是我拚命指著紅色燕尾服男的方向，可是有慟先生卻歪著頭，一臉疑惑。

難道有慟先生看不見？

我開口之前，紅色燕尾服男發現我的視線便逃走了。

「喂！等一下！」

我反射性地打開窗戶大喊，但我的聲音在虛空中回響，一點都沒用。

「啊！」我緊抓窗框，心中突然閃過一道陰暗的光線。有働先生看不見，可是看得到幽靈的我看得見。

換句話說，那是幽靈。

＊

我從有働先生家走向車站。

雖然有段距離，然而我想利用走路的時間來仔細想想為什麼有働先生家會出現蜜卡娃娃，但是五月的黃昏卻不讓我思考。

纏繞在拱門上的橘色蔓性玫瑰、百香果花盛開的獨特模樣、具日式風情的繡球花等等，每一家的院子都美到讓我無法思考。

「妳喜歡的話，這個給妳吧。」

我沉醉地欣賞庭院，有位正在整理院子的太太給了我一株剛發芽的迷迭香。

「迷迭香很強壯，照顧起來很簡單，只要當心不要澆水澆太多即可。」

「謝謝您的好意，那我就收下了。」

接下來也有好些人給我花，又是大理花的球根，又是牽牛花的花苗，簡直像從園藝店回家一樣，結果我滿腦子都是這些花要種在哪裡。

「所以我想拿花給經理。」

「謝謝妳還想到我。」

我打電話去蓋勒馬影戲院，聽得出來經理的聲音雖然沒有之前嚴肅，卻很疲累。

「可是我接下來得出門，我家也沒有地方可以種，妳還是拿回家種吧。今天妳不用再來電影院，可以直接回家。」

「哇，謝謝。」

「可以直接回家」聽起來很有上班族的感覺，讓我有些興奮。我下意識地哼著「嗚啦啦」走路回家，但是我卻在開過我身邊的巴士裡看到一個不自然的紅色身影。

「啊！」

是身穿紅色燕尾服的那個人，出現在有働先生院子裡的可疑人物。

然而我注意到對方的當下，巴士轉眼間就拋下等紅燈的我開走了。

7 大家都到了

昨晚爸爸照例沒有回家，但媽媽的精神卻異常地緊繃。

若是平常的話，媽媽看到我在院子裡蒔花弄草，一定會跑過來跟我一起施施肥、澆澆水，可是今天怎麼等都等不到她來。她坐在廚房的椅子上，一臉嚴肅地直盯著某處，是在想晚餐的菜色嗎？

（這時候的媽媽實在有點讓人害怕。）

我盡量在院子裡待久一點，再以旋風般的速度吃完晚飯洗好澡，速速躲回自己的房間。接下來我得好好思考出現在有働先生家的蜜卡娃娃。爸爸買給我的蜜卡娃娃還是一樣在電腦後方的陰影中對我露齒而笑。

（咦？）

蜜卡娃娃的位置好像跟之前不一樣，是我想太多嗎？

「妳為什麼會出現在有働先生家呢？」

面對我的疑問，蜜卡娃娃還是露出一樣的笑容。

「只會笑而不答嗎？妳這個人真不可愛。」

我喃喃自語之後，打了一個大哈欠。

（鑽進被子裡再想吧。）

偏偏人就是這種時候最好睡。我一沾上枕頭，再睜開眼睛就已經天亮了。到了第二天早上，媽媽的精神還是一樣緊繃。我邊留心媽媽的精神狀況邊吃早餐。這時候她突然開口：「好吃嗎？」

「咦？」

媽媽上次問我這個問題的時候，我大概還是小小孩吧。

我至今從來沒有誇獎過媽媽做的菜，趕緊點了好幾次頭彌補：「好吃。」

「怎樣好吃？」

「咦？」

媽媽連續問了兩個平常絕對不會問的問題，我因此發現她的心情非常差。

我趕緊把從美食節目聽來的讚美之詞搬出來：白飯不會太軟也不會太硬，醬燒小魚不會太甜也不會過鹹。媽媽聽了之後，有氣無力地回我：「小堇，謝謝。」

「小堇啊，妳喜歡媽媽還是喜歡爸爸？」

「咦？」

這次的問題就很令人熟悉且懷念了。從我還是小小孩的時候開始，那些大人總是環繞著我問類似的問題：「小堇比較喜歡誰啊？是七枝阿姨還是姨婆呢？」

就算是小小孩也知道不能偏愛其中一方。夾在兩邊都是過剩的親情之間，我苦惱到最後只好用哭泣來躲避回答。

「媽媽，妳怎麼了嗎？」

活了十六年，我好歹也增長了一點智慧，現在的我不會哭泣，而是巧妙地回問。

「這個問題很重要，妳一定要好好回答。」

但是媽媽的身體裡畢竟跟姨婆是同一脈的血緣，嚴厲地逼我作答。

（要我說喜歡哪一個……）

回想起當年夾在中間左右為難的心情，我的眼淚忍不住掉下來。

「唉，小堇。」媽媽深深嘆了一口氣，呼喚我的名字。

「是，媽媽。」

「我今天沒做便當。」

「所以……」

「所以？」

「呃，沒事，只是覺得很稀奇。」

「所以妳要不要跟媽媽一起吃午飯？午休時間我去蓋勒馬影戲院找妳。」

「啊，好。」我難掩訝異，不過還是點點頭。

「有些話，我想到時候再跟妳說。」

媽媽究竟怎麼了？究竟要跟我說什麼呢？

像是要加深我的不安似的，口袋裡的手機居然在此時震動。

——To　楠本同學

——Subject　我是平井（ˋ◯ˊ）早安！

——我今天也會去找妳，妳要等我喔，這次我不會讓妳溜走的（・ε・）

這還是平井同學第一次傳訊息給我。看似歡樂的文字中夾了一句「這次我不會讓妳溜走的」讓我覺得有些不安。

「小堇，妳要遲到囉。」

媽媽催促我出門，讓我連煩惱的時間也沒有。

我背起沒有課本也沒有便當的背包，踏出家門。

＊

當我進入蓋勒馬影戲院時，看到一臉憔悴的經理正在用大杯子喝粗茶。

看來昨天接到我的電話之後，他一整晚都在尋找「回來的人」。

雖然真理子小姐站在經理後面幫他按摩肩膀，不過讓真理子小姐冰冷的雙手按摩，應該會肌肉僵硬得更嚴重吧。

「結果『回來的人』找得怎麼樣了？」

「我們都以為對方遠在天邊，其實近在眼前啊，小堇。」

經理的口氣像個名偵探似的，他摁下古老收音機的按鈕，單音喇叭混雜錄音帶的雜音，傳來熟悉的〈後站商店街音頭〉。

「犯人就是這個人。」

「啊？」

我嚇了一跳還沒回神，真理子小姐已從辦公桌上拿來一本檔案夾，書背上註明「影片觀賞名簿」，名簿裡似乎記載了從二號館前往「彼岸」者的名單。

打開檔案夾，裡面是類似履歷的文件，其中有一份文件貼上深粉紅色的便利貼，經理以魔術師般華麗的手勢翻開那一頁。

「妳看。」

「咦？」

左上角貼的照片正是之前潛入有働先生院子的紅色燕尾服男，照片旁邊的姓名欄裡寫著山田火星。

「咦咦咦？」

「小菫，怎麼啦？」

真理子小姐倒了一杯咖啡給我。咖啡加了滿滿的糖和奶精，非常好喝。

「就是他嗎？」

「從陰間『回來的人』就是唱〈後站商店街音頭〉的歌手，也就是山田旅館的少爺。」

經理邊喝粗茶，邊嚴肅地回答。

「他享年四十一歲，職業是街頭算命師、大眾戲劇演員見習生、市立魔術協會會員、靈媒、旅館員工。」

「這個人就是召來平井同學祖母的神主。」我打斷正在念山田火星個人檔案的經理，指著照片說。

「平井同學是誰？」經理和真理子小姐異口同聲地詢問。

我看看經理又看看真理子小姐，說：「是我的同班同學。」

「就是那個欺負小菫的女生嗎？」

經理一下子就想起來，我卻因為不知該如何糾正這句話而有些苦惱，同時又想到今天早上那封訊息，心情更加沉重了起來。

（她說還會來，一定是來找我商量她祖母的事情。）

有陰陽眼跟有靈異能力是兩碼子事，為什麼平井同學就是無法理解呢？但是比起為這種事情頭痛，現在有更重要的事得向經理報告。

「呃，呃，我昨天在有働先生家看到這個人。他穿著紅色燕尾服，躲在院子裡，非常醒目。」

「什麼！」

站在雙手抱胸的經理旁邊，我和真理子小姐也歪著頭思索。

就在此時，口袋中的手機又震動了起來。

（大概是平井同學吧。）

我心不甘情不願地拿出手機，結果發現是媽媽傳來的訊息。

——To　小董

——Subject　我是媽

——計畫變更！我現在就要出發了，等我喔。爸可能也會一起去，妳不准跑掉喔。

（唉呀！）

因為嫌打「媽媽」和「爸爸」麻煩，媽媽傳訊息時總習慣只打「媽」、「爸」，語尾加上許多語助詞也是她的習慣之一。

（竟然特地要我等他們、不准跑掉……）

內容和早上平井同學傳來的訊息很像，讓我忍不住長長地嘆了一口氣。

我正陷入沮喪時，經理已經打開住宅區的地圖，重新擬定追捕計畫。

真理子小姐依照經理的指示，用紅筆在地圖上做記號。重新打起精神後，我提出一個很基本的問題。

「呃，請問為什麼過世的人不可以回到人間呢？」

「啊？」

經理和真理子小姐驚訝地凝視我。我也真是的，該不會又說了什麼非常失禮的話了吧？

「啊，對不起，我等一下自己查……」

看到我慌張的模樣，經理奮力地起身，伸長手關上錄音機播放的〈後站商店街音頭〉。

「為什麼不能偷東西？為什麼不能殺人？為什麼地球一定要自轉？愈是簡單的問題，愈是難回答。這種時候，答案只有一個：『不行的事情就是不行！』家裡的人或是老師沒有這樣告訴妳嗎？」

「我學過不可以做壞事和地球會自轉。」

「過世的人回到人間就是這麼壞的事情。死人待在陽間不知道會對活著的人造成什麼影響，也有可能會變成惡靈……」

經理口氣強硬地講到一半，突然抬頭看真理子小姐。

真理子小姐接著經理的話繼續講下去：「蛋糕不早點吃掉或是放進冰箱

就會壞掉，生魚片和牛奶也是，我當然也一樣。」

「不，牛奶變成優格更營養，喝了也不會拉肚子。」

經理慌張地解釋，真理子小姐露出寂寞的神情。

「請靈媒召喚祖先的靈魂，最後一定要把祖先送回原本的地方，否則……」

「否則？」我想起平井同學的祖母，忍不住探出身子。

「如果不把靈魂請回去，就會變成在陽間徘徊的幽靈。這次的犯人山田火星就是這種幽靈，在人間遊蕩。」

經理以手指連續敲打影片觀賞名簿。既然有紀錄，出現「回來的人」對於蓋勒馬影戲院而言是非常嚴重的問題。

「還真有點棘手。」

「是啊。」經理瞇起眼睛，啜飲粗茶。

「他隨便跑回來，如果影響到生者或是變成怨靈的話就糟了，這可不光是蓋勒馬影戲院的責任歸屬問題。」

「這麼嚴重嗎？」

「死去的人如果可以自由來回人世與陰間，那麼就無法區別生死了。葬儀社會不知道該怎麼辦，寺廟不知道該怎麼辦（譯註：日本人喪禮多半採用佛教儀式，火化之後放置於寺廟的墓園），區公所不知道該怎麼辦，法務部不知道該怎麼辦，繼承遺產的家人也不知道該怎麼辦。總之，很多事情會變得很麻煩。」

「而且當怨靈也辛苦喔。」真理子小姐說起她當怨靈時的辛苦歷程。

這時候居然出現一個好像把萬國旗穿在身上的傢伙，從應該關上的正門衝進來。

「小菫，我不是跟妳說今天電影院休息，妳忘記把門上鎖了吧。」

「對不起，我一時疏……」

我們連話都還沒講完，衣著繽紛的人已經朝辦公室衝過來。

雖然我說對方是「衝過來」，他的雙腿似乎無法自由行動，好像是個拄著拐杖的老人家。華麗的衣物一時蒙蔽了我們的雙眼，仔細一看原來是「後站二加一丁目」的修銀幕阿伯。

「阿銀……」

他是真理子小姐生前在當酒店小姐時，彼此說好要結婚的客人。

「阿銀，你為什麼要穿成這個樣子？」

修銀幕阿伯的打扮的確令人大吃一驚。

他上半身是鮮黃色和綠色的百褶襯衫，袖子則是蓬蓬的燈籠袖；襯衫上罩著鎧甲和鎖子甲背心，下半身是紅、白、黃、綠相間的直條褲襪；光禿禿的頭頂上是裝飾長羽毛的皮帽，袖口和關節等膝蓋處還繞著紅色的緞帶，腳上則是休閒的樂福鞋。

「什麼叫做穿成這個樣子，這可是十六世紀德國士兵的正式服裝。」

「呃，德國士兵的……？」

原來如此，我以為是枴杖的東西其實是火繩槍，皮繩上掛的是像小牛鈴的火藥盒和裝了子彈的布袋。這一身的行頭整體重量似乎很重，修銀幕阿伯有些站不穩。

「但是你為什麼要穿十六世紀德國士兵的正式服裝呢？」

我才問完，修銀幕阿伯就舉起火繩槍，指向經理。他的鼻翼因為興奮而張合，看起來像是第三個鼻孔的大黑痣也隨之顫抖。

「我要和你決鬥！」

「什麼？」

「我說要決鬥！誰活下來，真理子小姐就是誰的！」

修銀幕阿伯大聲宣告之後，便用打火機點燃火繩槍的繩子。

「危險、危險啊！」

火繩愈燒愈短，我們動也不動地死盯著。之所以不動，是因為我們都嚇傻了。真理子小姐雖然是幽靈，但是就連她也像被鬼壓床一樣動彈不得。

「逃啊、快逃啊、大家趕快逃走吧！」

我嘴巴上雖然這樣說，實際上卻腿軟得無法行動。

碰！

繩子燒完的火繩槍發射子彈，把裝有〈後站商店街音頭〉錄音帶的錄音機轟得粉碎。這行為已違反了槍砲彈藥刀械管制條例吧？

「不可以使用暴力！請您在大廳的長椅等一下！」

我氣到火冒三丈，大聲指示阿伯。

經理像是要保護我般伸出手臂，迅速起身。

「好，我就接受你的挑戰。」

經理的聲音悠然低沉，他男子氣概十足的表現跟類似達利的W形鬍子非常相襯。

可是為什麼要接受對方的挑戰？沒看到不光是錄音機，連桌子也被轟掉了，子彈最後還深深地卡在地板裡！

如果死去的人從銀幕另一邊回到人間是壞事，那麼在電影院的辦公室使用火繩槍不也是壞事嘛！

我一字一句都高聲地喊叫出來。

「小堇，妳冷靜。」

就連真理子小姐也出聲阻止我，明明該被阻止的是修銀幕阿伯啊。

經理挺直背脊，走向辦公桌，從最上層的抽屜拿出一把銀色鏤空雕刻，類似小喇叭的東西。

「一六九〇年製的燧發槍嗎？你這傢伙也不可小看啊。」

修銀幕阿伯說話時，埋在皺紋裡的小眼睛閃閃發亮。經理的槍雖然比修銀幕阿伯的火繩槍小，好歹也是一把手槍。

啊啊啊！這些人到底在幹什麼？本來是「回來的人」的搜索會議，現在卻變成西洋電影的決鬥場面，不管我如何歇斯底里，也沒人要聽我的勸阻。

為了爭奪真理子小姐的兩位男士確認著決鬥的規則，耳邊傳來兩人叫嚷著古老的台詞：「給我豎起耳朵聽好了」、「來分出勝負吧！」

結果又是從忘記鎖上的大門走進來的人打斷這兩人的叫陣。

媽媽來了。

媽媽在訊息裡說現在就出發，沒想到這麼巧會在這時候到。不過老實說，我也因為修銀幕阿伯引起的騷動，完全忘記媽媽要來這件事。

「小菫！」

媽媽毫不遲疑地穿過大廳，走向辦公室。以前媽媽說過有次曾因放錯電影的問題而和電影院的人吵架，所以才會知道電影院的格局吧？

「不好意思，不到中午就來了。」

媽媽的笑容不知為何帶有魄力。

（啊，我該怎麼辦？）

我剛剛的歇斯底里瞬間化為狼狽。雖然我也不知道會怎樣，但是有預感接下來會發生比火繩槍槍響更可怕的事情。

「謝謝大家平日照顧小女……呃？」

媽媽當然不知道現場正要展開一場決鬥，而且是槍戰，所以先朝達利翳經理開口：「您就是蓋勒馬影戲院的經理嗎？」說完之後又深深一鞠躬。

「小女年幼無知，我也知道會給大家添許多麻煩，但是她堅持要在這裡工作，毫不聽從我們的勸告。我姑姑——雖然是一介女子，卻也是楠本觀光集團的董事長，她信任貴戲院，所以要我們把小女交付給各位……」

「廣美！」

爸爸？

媽媽流暢的招呼語，最後被爸爸高聲的吶喊打斷。

「廣美，妳不能再想一想嗎？不能再給我一次機會嗎？」

爸爸似乎是追著媽媽而來，頂著亂成一團的劉海，氣喘吁吁地站在門口，領帶扭成一團，眼鏡也歪了，這副模樣就某種程度上，也不輸給修銀幕阿伯。

「老公，」媽媽緩緩地回頭，說：「你想害女兒丟臉嗎？」

啪！

我好像聽到媽媽好像有什麼東西斷掉的聲音，我猜應該是控管耐性的那條神經。

「我們談談吧，廣美。誤會，一定是妳誤會了。」

「我誤會？你說是我錯了嗎？」

老實的爸爸走進來之後還先固定好玻璃門的門擋，再跑來辦公室。一走近門邊，馬上跪下兩手貼地，速度快到我還以為他倒在門口。

「如果我說話惹妳不高興，我願意道歉，對不起。」

「嗚哇！」我這輩子第一次看到人家下跪。

修銀幕阿伯和經理都臉色大變，俯視跪在地上的爸爸。

「趕快起來！丟臉丟死了！這裡可是女兒工作的地方！」

雖然媽媽拚命叫爸爸起來，爸爸還是跟石頭一樣動也不動。

「小堇，媽媽決定離婚。妳會跟著媽媽吧？我會把這可惡的男人趕出家裡和公司。」

媽媽昂然地抬起頭來。

「不管你怎麼解釋都沒用，這就是證據！」

媽媽唰地伸出手來，手上拿的是花音給我的照片，也就是爸爸和美咲小姐的合照。

（啊，糟了！）

爸爸將臉貼在年輕貌美的美咲小姐臉上，一臉幸福的樣子，在立可拍空白的部分畫上小傘，傘下面寫著「愛郎」和「美咲」，旁邊還加上「命中註定的相遇」。

爸爸，你這下萬事休矣。

但是真正讓一切萬事休矣的是接下來出現的客人。
第三組出現在正門的客人居然是把花音帶來電影院，接下來要去打工的風間美咲。
「小堇，謝謝妳昨天來我家，花音也因為有妳陪她玩而非常開心……」
美咲小姐以她白天認真工作時的態度，跟我搭話。
（完了！）
這下子真的完了。連身為女兒的我都跑去父親情婦家玩，連身為女兒的我都和父親的情婦感情很好，媽媽受到的打擊絕對大到無法想像。
花音似乎馬上就發現事情不對勁，看了我媽媽的表情之後又拉住美咲小姐的袖子，可惜她的行為只是讓場面更加緊張。
「花音怎麼啦？不要一直拉。」
美咲小姐輕輕地斥責花音之後，視線又轉移到我們身上。
「咦？怎麼連愛郎先生也在這裡？咦？愛郎先生為什麼要下跪？咦？今天真難得有這麼多客人上門。」

美咲小姐，妳不要再講下去了。

啊啊，外遇之神，請救救我們吧！

不對，外遇之神出手的話應該會變得更麻煩。

「老、公！」

媽媽像生氣的獅子一樣皺起鼻子，真的發出像獅子一樣的怒吼，看看手上的照片——看看美咲小姐，又回頭看爸爸。

「你、你……」

媽媽衝上去抓住爸爸的領帶，用力勒住爸爸的脖子。大家想要阻止爸媽打架，卻被媽媽的拐子撞開，美咲小姐也發出尖叫。

剛剛修銀幕阿伯開槍時的恐慌，早就已經不知道跑去哪裡。環視四周，我找不到真理子小姐的身影。難道是因為害怕混亂的場面，一個人落跑了嗎？

（真理子小姐真狡猾。）

我抱住害怕的花音，嘟起嘴。就在這麼混亂的時候，身後又無聲地出現一個刷新我「嚇一跳紀錄」的人——平井玲奈。

「我依照約定的時間來了。」

平井同學似乎很疲累，完全不在意我爸媽打成一團，面無表情。可能是從外面走進來的關係吧？她黝黑明亮的瞳孔放大，看起來就像兩顆黑丸子。

「楠本同學，妳今天一定要幫我的忙。」

平井同學的口氣充滿責備與怨恨。她和媽媽一樣，手上拿著照片，遞給我。

「妳看！我奶奶出現了！」

她舉起的那隻手瞬間停在我雙眼前方。我以為會碰到臉，於是躲開。

「妳看！」

塞到眼前的照片是穿著學校制服的平井同學和梳著髮髻的平井笛子女士。從平井同學臉上掛著忍耐寒冷的笑容和散發青澀的色彩可以發現，這應該是開學典禮那天早上拍的照片。

「這張照片……」不是普通的照片，一看就知道是所謂的靈異照片，之所這麼說是因為笛子女士在我們的開學典禮之前就已經過世。

不，最重要的是笛子女士清晰的身影。雙頰因為寒冷而泛紅的平井同學面露笑容，一臉凶惡的笛子女士卻站在她旁邊，朝她揮舞菜刀。

「拍這張照片的時候，明明只有我一個人！」

平井同學大叫，怕到再也無法忍耐的花音突然哭了出來。此時被母親撞開的經理，也倒在平井同學背上。

「哇！」

不知道是誰發出哀叫，於是我趕緊趁這個時候抱著花音偷偷躲到角落，躡手躡腳地衝向張開大嘴的黑暗樓梯。花音也發現我的意圖，停止哭泣和我一起跑來。我們一衝上去，就閃身進入充滿底片酸味的放映室。

「趕快，趕快！」

我迅速且安靜地關上門，隔離嘈雜的辦公室，然後發抖著將把沉重的鐵製層架搬到門前。光是這樣還無法讓我安心，於是我又疊起櫃子和椅子，把拖把當作門栓，搭起堅固的屏障。

「剛剛好可怕喔。」

花音從塑膠小包包裡拿出薄荷糖，放在我手上。

「好可怕喔。」

我們並肩喘了一口氣，才終於安心下來。

「大家都瘋了。」花音邊含著糖果邊說。

「嗯嗯。」我點頭點到一半，發現黑暗中傳來沙沙的聲音，嚇到一不小心將糖果直接吞下肚。

*

躲在放映室角落發出沙沙聲響的原來是真理子小姐。看到她，我真的是鬆了好大一口氣。

「真理子小姐，樓下可是一片慘烈，妳居然一個人逃來這裡，真是太過分了。」

「小菫，妳過來一下。」

真理子小姐一點也不在意我氣得臉鼓鼓，興奮地對我揮動她細瘦乾癟的手。我看到她併攏的大腿上放了一個很厚的盒子，裡面裝了一本書，書名是《電影百年文化史》。

「妳看。」真理子小姐得意地翻開大約厚達一千頁的厚重書籍。翻開時，頁面扭曲成奇怪的形狀——因為書本中心整個被挖掉了。

「怎麼會這樣？」

挖掉的洞裡放了一段被剪下的底片。

「這是什麼呢？」

為避免留下指紋，我小心翼翼地捏著底片高舉過頭，透過天花板的照明，想一探底片的究竟，但是我什麼也沒看到，至少我的眼睛沒看見任何圖像。

「應該是個了不起的發現吧？」

「是。」

我收起底片，邊追溯記憶。昨天我們在這裡看到的底片版《人生走馬燈》

之所以出現不連續的影像是因為有一部分被剪掉了。

（那麼這段底片就是被剪掉的部分囉。）

原來如此。

把神祕電影最神祕的部分偷偷藏起來的確是個好方法。畢竟《電影百年文化史》不是一本隨時都會拿來看的書，放在放映室又能輕易融入四周環境。

「小堇，妳會剪接嗎？」

真理子小姐心裡想的也跟我一樣吧？她閃亮亮的大眼睛望向《人生走馬燈》的底片盒。

「我沒做過，不過可以試試看。」

「拜託妳了。」

樓下傳來有東西碰碰碰被破壞的聲音，接著聽到經理絕望地吶喊：「我寶貝的 Bell & Howell 放映機！」

（真理子小姐想趁現在一個人逃走。）

我覺得經理很可憐，但是想到真理子小姐好不容易才終於下定決心，我的心情變得更加複雜。

「小堇，快一點，不然他們就要開始決鬥了。」

「好。」

我把《人生走馬燈》裝上剪接機台上，尋找剪貼的痕跡。撕下連接的膠帶，把剛剛發現的新底片貼回去。我以剪接用的膠帶貼好的瞬間，花音正巧打了個噴嚏，害我的手嚴重晃動了一下。

「啊，對不起！都是因為被我抱著才會覺得冷吧。」

沒有體溫的真理子小姐低頭向花音道歉，還幫她擤鼻涕。因為沒有垃圾桶，真理子小姐理所當然地把擤過的衛生紙塞到我的口袋裡。

我也一邊忍耐鼻子癢，繼續剪接。完成後，我一連打了好幾個噴嚏，轉身叫他們兩人。

「完成了。」

我慢慢地把底片裝上放映機讓它開始跑，情緒也隨著馬上就要上映而高漲。

「真理子小姐，妳真的要看嗎？」

我關上房間的燈光，邊操作著放映機，最後一次問真理子小姐。《人生走馬燈》已經和昨天不同，是完整的版本，這次真理子小姐一定能夠去到她該去的地方了。我們雖然才認識六天，年齡也差距甚多——畢竟真理子小姐在我出生之前就已經是幽靈了。

「我不想跟妳說再見。」

我擤著鼻涕，一邊把擤過的衛生紙塞進因為花音用過的衛生紙而鼓脹的口袋裡。

「對不起。」

真理子小姐一次又一次地朝我鞠躬道歉後，走向放映機。她也擤了擤鼻涕，故意把衛生紙塞進我口袋裡之後又小跑步回到放映機的另一邊。

（真理子小姐其實也想待在這裡。）

我壓抑著和真理子小姐一樣的情緒，開始放映電影。花音也和我們一起透過放映室的窗戶，沉默地觀賞影片。

銀幕上出現正式播放之前的倒數數字，倒數之後出現一個黑暗的房間。那是我看過的房間。

放映機發出的喀喀聲響和喇叭的聲音重疊。

銀幕中的影像是比活著的人看到的《人生走馬燈》更加無趣的影像。場景和放映室差不多暗，一名男子駝著背，正在工作。對，《人生走馬燈》播放的正是我們所在的放映室，而在剪接台前的背影是……

（有働先生？）

我喜歡有働先生，所以絕對不會看錯。

有働先生就和平常所見的一樣，鬆垮的棉襯衫下襬隨意塞進緊身牛仔褲，在我剛剛用過的剪接台上剪輯影片。

在放映室裡看放映室的影片，我覺得自己好像夾在兩片鏡子中間，感覺很奇妙。但此刻我的感覺一點都不重要，重要的是畫面中的有働先生。相較於剛剛只是模仿有働先生的我，他剪輯底片的動作比我熟練多了。從底片的長度看來，應該是《人生走馬燈》。

（為什麼他要剪接《人生走馬燈》呢？）

我開始感到心頭一陣騷動。

姑且不去理會我心中的不安，銀幕中的祕密作業依舊迅速進行。有慟先生把剪下來的影片塞進舊書中，又把書收進盒子裡，那本書正是《電影百年文化史》。

（我不懂。）

我的腦中一片混亂之際，聽見站在離我有些距離的真理子小姐小小聲地悲泣。真理子小姐應該在觀賞自己的《人生走馬燈》。

「阿銀真是的，居然認錯人了。可是為什麼痣會是……？」

真理子小姐用食指按按自己美麗的鼻子右邊，又按按左邊。反覆幾次之後，慌亂地向後退。

「真理子小姐？」

真理子小姐難道也透過自己的《人生走馬燈》發現了什麼嗎？

「真理子小姐，妳怎麼了？」

真理子小姐似乎沒有聽見我的呼喚，瞬間穿過牆壁消失。真不愧是幽靈，不需移動門口的障礙物就能輕鬆穿越牆壁。

花音在我旁邊睡著打呼，小嘴還不滿地抱怨著：「伯伯你的髮型也太奇怪了吧！」從她的夢囈聽來，應該是看到花海和遇到電棒燙歐吉桑罵她吧。

這段時間影片也還是繼續播放，邁向尾聲了。

（啊，中間沒看到。）

影片中的有働先生背對著我走出大門，二十分鐘的影片也在此劃下句點。

「……」

我盯著一片黑的銀幕，突然回過神來，將底片倒轉。但是我再次播放影片時，投影在銀幕上的卻是完全不同的影像，那是和昨天看到的片段版《人生走馬燈》一樣的場景——平井同學和母親一起出席的茶會，舒適的房間裡擺設鄉村風的家具和雜貨，彷彿置身在繪本中，鼻尖不再傳來放映室獨特的酸味，而是杯子冒出的蒸氣帶來紅茶的香氣。麻布桌巾上擺放了各種點心和色彩繽紛的果醬，甜美的味道在舌頭上融化，這是比昨天更加真實的真正的

《人生走馬燈》。

但是影像中沒有平井母女的影像，取而代之的是臉上掛著親切笑容的男子，身上穿著正式的西裝，感覺是個很和藹的人。

雖然可以聽到他語氣輕柔地一直在說什麼，可惜喇叭的品質不好，完全無法聽清楚說話的內容。影片特寫男子胸前的公司徽章，驚見上頭畫的是莫比烏斯帶上彼此追逐的鶴與龜，短片持續播放著，攝影機的視線——也就是影片的主角轉動視線，最後和昨天的《人生走馬燈》一樣，在鏡子的前方停住，鏡子裡是我曾經見過的白髮老奶奶，不，我在開學典禮時看到的是她的幽靈。影片放大特寫，鏡子裡映照出的是這部《人生走馬燈》的主角——平井笛子。

原來我看的是平井笛子的《人生走馬燈》。可是為什麼我會看到她的呢？影片繼續播放，絲毫不理會我的迷惑。笛子女士和開學典禮突然出現時的模樣迥然不同，而是跟剛剛平井同學拿來的照片一樣，頂著一頭亂七八糟的白髮，一副凶相；和靈異照片裡的一樣，握著大菜刀，滿是血絲的紅眼睛透過銀幕直視我。對於不知所措的我她毫不在意，舉起菜刀，追趕身穿西裝的男子。唰、唰。畫面染成一片深紅色，遠方傳來男子低聲的哀叫，畫面在此慢慢淡出，化為一片黑暗，《人生走馬燈》就這麼結束了。

「嗯嗯。」

我撫摸著我眉宇間的皺摺，陷入思考。與其說剛才的影像為我帶來震憾，不如說我似曾見過。的確昨天也看過同一個房間舉辦茶會的影像，但是記憶又勾起了其他往事。

「啊！」

前一天的畫面中出現的可愛鄉村風房間，其實就是有働先生的住處。我之所以沒有馬上發現是因為有働先生的家具和擺設感覺都與鄉村風非常格格不入，大多和電影相關，簡直是完全不同的空間。

有働先生的確說過房租便宜是因為那房子曾經發生過一些事情，也說過之前的住戶是一人孤單死去的老人，當時我沒有馬上就聯想到笛子女士。

「沒想到居然就是那棟房子。」

我幾乎是不自覺地打開燈和關上放映機的電源。

「放映機，機具類，類推，推銷……」

一個人的文字接龍一下就結束了。

我在剪接機台前的椅子坐下，把裙子口袋裡擤過鼻涕的衛生紙丟在地上，拿出壓在最下方，揉得歪七扭八的貼紙——我從有働先生家門口撕下來的肥羊貼紙。

盜賊為了通知夥伴哪裡是阿里巴巴的家而在門口畫上記號，肥羊貼紙也一樣，是惡劣的業務員告知同業「這裡有肥羊」的記號。

在《人生走馬燈》當中，被笛子女士刺殺的業務員胸前配戴的公司徽章上也畫著莫比烏斯帶上彼此追逐的鶴與龜標誌，那個人就是最近新聞大幅報導的失蹤無良業務員吧？

真心、誠意，鶴龜建設。

莫比烏斯帶下方標示了廠商的名稱。

「真心、誠意、鶴龜建設」我從另一邊的口袋拿出手機，開始輸入關鍵字搜尋。出乎意料地，馬上就找到該公司的電話地址。

「裝修請交給我們，百年保證與值得信賴的真心、誠意，鶴龜建設。」

我按下網頁上刊載的電話號碼，接電話的是腔調很特別的女性。

雖然我差點被對方的氣勢給嚇得說不出話來，但是我還是努力裝出不像高中生的聲音——學姨婆從丹田發聲，威嚴十足。

「有件事情想請教，請問貴公司是否從去年年底開始就有員工失蹤？電視不是播過無良業務員失蹤的新聞嗎？就是那個案子。」

「啊？」

「聽好了，妳最好老實回答，妳們把平井笛子當作肥羊吧？強迫她進行沒有意義的裝修，把她的房子搞得亂七八糟對吧？」

「妳是誰？」

看來我是演過頭了，對方的口氣聽起來更令人害怕。

「喂，妳是誰啊？」

妳以為我是誰呢？

我也很想知道自己是誰。

不過現在就這樣說吧。

「我是靈媒。」

我不再學姨婆說話，用自己原來的聲音，肯定地回答。

「妳是同行嗎？」

我聽著話筒傳來的聲音，腦袋動個不停，最終得到結論。

有慟先生危險了。

*

我搬下自己剛剛堆起來的障礙物，背起還在睡夢中的花音，跑下幽暗的樓梯。

原本沸沸揚揚的辦公室已如沸水冷卻，一片安靜無聲。大家都待在辦公室裡，一句話也不說。

媽媽斜坐在辦公桌上，經理每抽一口菸就嗆到一次。爸爸站在旁邊，一副忸忸怩怩的樣子。平井同學和媽媽一起坐在辦公桌上，煩躁地翻閱文庫本。她看到我時本來想站起來，卻又疲倦地嘆了一大口氣，重新坐下。

「哎呀。」

美咲小姐坐在遠處的長椅，看到在我背上睡著的花音，居然笑了起來。她大概是凡事都正向思考的人吧。

「小堇又幫忙照顧花音了嗎？妳們倆感情真好。」

媽媽的視線惡狠狠地朝我的背後射來。

我把花音交給美咲小姐，緊張兮兮地看著掀起決鬥紛爭的三個人。

令我驚訝的是經理和修銀幕阿伯居然和和氣氣地共處一室。

真理子小姐的確說過「你弄錯人了」，這個誤會看來是嚴重到真理子小姐得中斷前往彼岸的機會，特地回來說明。

「當初說要和阿銀訂婚的不是我，而是丸子民惠小姐。」

「什麼！」

修銀幕阿伯深深思念的對象其實不是真理子小姐，而是丸子小姐？

我驚訝到說不出話來，一臉無奈的經理則拿著螺絲起子搔鬍子。他好像在修理剛剛爭執時弄壞的小型放映機。

「這台 Bell & Howell 放映機可是我的寶貝啊。」

嘟嘟囔囔的經理怨恨地瞪視修銀幕阿伯。

「你也真是愛無事生非，好歹記清楚未婚妻叫什麼啊。」

修銀幕阿伯平常稱呼未婚妻不是叫她的名字，而是其姓「丸子」（譯註：眞理子的日文發音是 MARIKO，丸子的日文發音是 MARUKO，兩者相似）。

「啊，我確實是記錯了，現在我可想起來了。」

據說丸子小姐偷了修銀幕阿伯靠賭自行車賺來的大筆獎金，和別的男人比翼雙飛逃到國外去了。

「丟臉、真是太丟臉了啊。」

看著垂頭喪氣的修銀幕阿伯，我心中不知為何愈來愈混亂，總覺得眼前的一切非常詭異。

我爸媽和美咲小姐的三角關係還是一團混亂，至於經理與修銀幕阿伯剛差點舉槍對決的場面居然就這樣解決，我怎麼也無法釋懷。

（總之就是不對勁，但究竟是哪裡怪？）

我的眉毛和嘴巴都揪在一起，自己也知道現在的我表情一定很奇怪。

「小堇，不要擺出那麼可怕的表情啦。」真理子小姐擔心地對我低語。

可是我額頭一帶開始出現愈來愈多煩惱的漩渦，在放映室感受到的不安愈來愈擴大。

「嗚……」

我低聲呻吟著衝出蓋勒馬影戲院，背後有個人如影隨行地跟了上來。

8 決一死戰

「等一下，楠本同學，妳要去哪裡？」

追上來的是平井同學。她從在蓋勒馬影戲院的時候就一直抓著我手肘，跟我一起跑出來。

「我要去車站前的巴士轉運站。」我邊跑邊回答。

但是跑到轉運站卻倒楣地發現現在還不到發車的時間。

（我不能在這邊枯等。）

於是我直接從轉運站跑了三公里，衝向有働先生的家——現在想想，當初搭計程車不就好了嗎？看來我也真是夠迷糊的。

我狂奔了三公里差點喘不過氣來，頭髮亂得跟噩夢裡出現的電棒燙歐吉桑一樣，臉上身上都因汗水而黏答答的。

「妳幹嘛不搭計程車啊？」

平井同學從蓋勒馬影戲院開始就一直緊跟著我，卻到現在才開口。

「我也是現在才想到該搭計程車的。」

「妳還真迷糊。」

平井同學抱怨歸抱怨，看來比我擅長長跑。相較於頭髮、臉龐和制服都亂七八糟的我，她還是一副整齊的模樣。

她用手指梳理稍微凌亂的頭髮，一邊雲淡風輕地說：「我說過不會讓妳逃走的，對吧？」

回收可燃垃圾的垃圾車緩緩通過我們身邊，我和平井同學一同看著垃圾車時突然注意到附近的一棟房子。

「不會吧，那不是我奶奶家嗎？」

對，那棟房子正是平井同學祖母的家，只是現在變成有働先生在住，且房東另有其人。房東住的房子連三坪都不到，隱藏在有働先生家的陰影之下。

「為什麼要把那裡租出去呢？」

「為何這麼問？」

雖然之前聽說過平井笛子女士生前把房子和財產都轉讓給沒有血緣的

人，但是看到繼承人居住的小房子，我再次覺得事有蹊蹺。

「姑且不管房子是轉讓給誰，但正常來說那個人不是應該就住進妳奶奶家嗎？」

「聽說奶奶的遺囑規定得很細。」

「是喔？」

「沒有人了解奶奶心裡想什麼，一切都亂七八糟。」

平井同學自暴自棄地說完之後，轉過頭面向我，蓬鬆的頭髮也隨之甩動。

「妳為什麼要跑來這裡？難道是要我和奶奶的鬼魂見面嗎？」

我可做不到讓平井同學跟鬼魂見面，而且明明是平井同學自己跟來的啊。然而看她一臉凶惡，我躊躇地說不出口。

但是平井同學的視線不是放在我身上，而是從小房子裡走出來的一名男子，他手上還提了一袋垃圾。

（那就是房東嗎？）

那所謂繼承笛子女士的房屋等所有財產「沒有血緣的人」身上穿著有汗

漬的運動服，看起來有點邋遢。不過為什麼我覺得這個人有些面熟呢？

「那傢伙！」平井同學抓住我的手臂，一臉僵硬。

「妳先冷靜一下。」

換我握住平井同學的小手，來回看著空蕩蕩的垃圾集中處和提著垃圾袋的男子。

「呃，剛剛垃圾車已經走了。」

「反正過幾天又會來收啦。」

男子的口氣聽起來毫不在意，直接走向垃圾場。

我和平井同學以視線表達沉默的譴責，但是違反規定丟垃圾的男子只是蹣跚地回到小房子裡。

「就是那個人繼承了奶奶的家，很差勁的傢伙對吧？」

我也覺得違反規定亂丟垃圾很差勁，不過我總覺得在哪裡見過他。

「那傢伙一定跟詐欺犯沒兩樣，畢竟我奶奶被很多人騙過。明明財產都被這傢伙騙走，我們卻什麼都不能做。」

「我好像在哪裡見過那個人。」

「不會吧，難道妳認識風間虎太郎嗎？」

「啊？」

妳剛剛說了什麼？

我眨著眼睛，盯著平井同學看。

「幹嘛啦？」

面對驚訝的平井同學，我又眨著眼睛，激動地問她：「妳剛剛說什麼？」

「我說難道妳認識風間虎太郎。」

「我認識！」我忍不住放聲大叫。

正確來說我不是認識，而是看過他，在花音家玄關的全家福相片裡。

風間虎太郎，花音的爸爸，美咲小姐的先生，被老鼠會欺騙，批了一大堆蜜卡娃娃賣不掉，最後離家出走的不就是這個風間虎太郎嘛！

「原來如此。」

如此一來，就能說明為什麼有慟先生家有蜜卡娃娃了。

那應該不是有働先生，而是平井笛子生前買的吧。風間虎太郎到平井笛子家推銷蜜卡娃娃，遇到笛子女士……

看我跑向院子另一邊的小房子，平井同學也追了上來。

「喂，楠本同學，妳怎麼了？」

那棟房子真的很小。如果沒有裝電表，看起來就只是間倉庫的小小房子。小房子連門鈴都沒裝，我只好敲門。裡面的人沒有反應，我還是不氣餒地繼續敲。

「幹嘛啦，我不過是丟個垃圾，幹嘛那麼囉嗦。」

剛才亂丟垃圾的那個人臭著臉來開門。仔細一看，本人比照片還帥，只是看起來比跑了三公里的我還要疲憊。

「我不是要講垃圾的事。」我吸了一口氣，像隻公雞大聲叫喊：「風間虎太郎！」

他任由鬍子亂長的臉先從灰色變得通紅，然而轉為黃綠色，最後又變成紅色。

「妳為什麼知道我的名字！」

被我肉搜出來的風間虎太郎一時之間不知道該逃還是該威脅我。

但是既然眼前只是個小女生，他選擇了後者。

「妳要是敢告訴別人我在這裡……」

我就殺了妳——正當風間虎太郎以可怕的語氣恐嚇我的同時，我拿出手機，手指以惡魔般的速度摁下蓋勒馬影戲院的電話號碼。

「喂，請美咲小姐和花音聽電話。」

當我對經理這麼說時，眼前的風間虎太郎頓時全身僵硬。

確認聽到美咲小姐的聲音之後，我把手機塞給風間虎太郎，隨即右轉。

背後傳來虎太郎如泣如訴的說話聲，我繼續衝向院子另一邊的房子。

「對不起……我會回去……嗯，我沒事……」

嗯，回家去吧，趕快回到你應去的地方。

然後我接下來要去我該去的地方。

抬頭仰望五月晴朗的天空，電線把天空分成兩半。

我走向與來時相反的路，轉身摁下有働先生家的電鈴。

「平井同學，這是妳奶奶家，很懷念吧？」

我對跟在背後的平井同學說。

「妳這句話是什麼意思？」

「難得來一趟，一起進去吧。」

「我才不要！」

「平井同學？」

平井同學高亢的聲音逐漸遠離。

「我才不想進奶奶家。我知道妳好像也遇上麻煩了，不過可以不要再纏著我了嗎？」

「咦？」

怎麼說都是妳來纏著我吔。

「我想起來還有別的事，先走一步了。妳加油喔。」

平井同學站在門邊說完之後就一個人跑向大馬路，我看到她向剛好經過的計程車舉起一隻手。

（哎呀！）

平井同學搭上計程車，消失在綠籬的另一頭。

我一回頭，剛好有働先生打開門。

「妳又來啦？」

有働先生先生雖然被不斷上門的業務員惹得心煩，卻一點也不責備我沒事先約好就跑來。

「妳怎麼會滿頭大汗，在慢跑嗎？」

「差不多。」

「我剛泡好咖啡。」

有働先生說了和昨天一樣的話，請我進去。

可是我沒辦法跟昨天一樣開心，反而是瞪大眼睛，直接走進廚房。

冰冷的鐵架上擺了一堆電影迷才會注意的機械和書籍。除去這些東西，這房子簡直就像錯覺藝術一樣，看起來是迥然不同。

這裡的確是《人生走馬燈》中辦茶會的那個房子。

「有働先生，趕快離開這間房子，你被惡靈附身了。」

「怎麼了嗎？妳說的話跟那些無良業務員好像。」

有働先生關門的聲音不知為何特別大聲。

我眺望窗外剛剛去過的房東家。

「隔壁的小房才是主屋吧，你不覺得很奇怪嗎？」

「所以呢？」

有働先生拿出符合他的品味，冰冷無機質感的馬克杯，倒進香氣四溢的黑色液體，發出美妙的聲響。

「妳是為了跟我說這件事特地跑來的嗎？」

我無法笑著回應有働先生美麗的笑臉。

「這裡原本是平井笛子女士的家，聽說她去年除夕一個人死在這棟房子裡，她是我同班同學的祖母，我同學告訴我一直到現在都還會看到她祖母的鬼魂，我想就是因為這個緣故，你才能用很便宜的價錢租到這棟房子，因為貪小便宜，才會遇上麻煩。」

「妳講話真沒禮貌。」

有働先生刻意調整椅子的位置，把咖啡擺在桌上，臉上還是掛著笑容。明明在電影院工作時老是臭著一張臉。

我粗暴地拉開椅子坐下。

有働先生還是一樣不給奶精和糖，我只好直接喝下苦澀的黑咖啡。今天的咖啡好苦，一點也不好喝。

一低頭就可以看到地板上有個圓形圖案。我的視線下意識地追尋地板上有點時髦的圓形木紋接縫處，我坐的椅子正好在花紋上方。

「你被平井笛子附身了，把《人生走馬燈》中對她不利的部分剪掉的也是你。底片和二號館的深夜電影不一樣，活著的人都看得到。」

但是被誰看到呢？

被笛子女士附身的人應該看得到她的《人生走馬燈》。

既然如此，我也被笛子女士附身了嗎？我覺得應該不是。

有働先生到底不想讓誰看到《人生走馬燈》呢？

又是誰讓我看到笛子女士的《人生走馬燈》呢？

「我看了笛子女士的《人生走馬燈》，看到你剪下底片最重要的部分，也看到笛子女士殺了無良業務員。」

有働先生喝下咖啡，有點痛苦地皺起臉來，把馬克杯放在桌上。他的嘴唇微開，好像想說點什麼，卻又沉默地摁下電燈開關。

我聽到微弱聲響。

喀、嚓。

有働先生摁下的不是電燈開關，那是打開地板開口的開關。我椅子底下的時髦圓形根本不是什麼裝飾圖案，圓形圖案在開關聲響起時打開。

短暫地漂浮於空中之後，我連同椅子一起墜落一層樓高的地下室。好險底下鋪了厚墊子，否則我就要受重傷了，但現在不是慶幸沒受傷的時候。

我驚訝地環視四周，眼前的客廳比影片中更加可愛。

桌布上繡有小花，上面擺了一口大小的可愛蛋糕、司康、自製的草莓果醬、各種莓果果醬、橘子果醬和黃瓜三明治。

沙發上已經坐了先來的客人，沙發上還鋪了視覺效果很溫暖的拼布套——但事實上一點也不溫暖。高級茶具裡的紅茶凍得結冰，點心、果醬和沙發上的客人也全都凍僵。

這裡冷得跟冰庫一樣——不對，這裡根本就是冰庫。

「居然把房子改到這種地步！」

我不知道自己是因為冷、害怕還是憤怒才放聲大叫，聲音大到連我自己都嚇一跳。

除了我之外，還有三位客人，每個人都驚訝地張大嘴巴，肚子一帶都有大片血漬，但是就連血液也因低溫而凍結。

——啊啊。

我可以感受到某人的情緒如雪崩般湧進我的心裡。

——我一直都好寂寞啊，但是今天很開心。

那個人應該就在附近，雖然我還看不到她。

「笛子女士，笛子女士，是妳吧？」我明明想降低對方的戒心，聲音卻因寒冷而顫抖，聽起來反而像在生氣。

笛子女士生前十分孤獨，就連所謂的無良業務員上門都能讓她感到喜悅。她在對方的推銷之下買了貴到不像話的羽毛被，屋子裡也裝滿了火災警報器和抽風扇，但是每個人達到目的之後就離開了，就算一開始很溫柔地聽她講話，工作一結束就不再搭理她，笛子女士因此更加寂寞。所以她委託廠商進行正式的改裝，建了地下室，還裝設如同魚貨倉庫般的大型冰庫。

地下室裡放了她喜歡的家具、拼布擺飾，準備成套喜愛的餐具，並且做了這個陷阱，最後為了讓重要的客人永遠留在這裡，便殺了他們。

「就是這麼一回事吧？笛子女士。」

我再次呼喚笛子女士，結果某種東西開始從地板的開口盯著我看的有働先生臉上剝落，如剝洋蔥皮、如撕貼紙般，從他臉上剝落。陷入放空狀態的他還是維持一樣的姿勢，眼睛眨也不眨地一直盯著我。

「有働先生，你還好嗎？救救我！」

發呆的他就像個假人模特兒，一點都不好，也沒有要救我的意思。

另一方面，他臉上剝落的東西從開口一路飄下來，幻化成一位個頭嬌小、氣質高雅的老婆婆。

「您就是平井笛子女士吧。」

大概是因為發生太多事情，就連親眼目睹這不可思議的景象，我還能保持平靜，甚至因為終於見到她而放下心中的一塊大石頭。

「是啊，可以像現在這樣跟妳見面真是太好了。」

笛子女士和我在開學典禮那天看到的一樣，身穿淡色的和服，精神奕奕地對我微笑。但是我可以透過她半透明的身軀，看到她身後黃色的假花。

「笛子女士，我知道您對沙發上的三位客人做了什麼。」

「殺那三個人就跟殺魚一樣，很簡單喔。」

笛子女士站在肚子一片紅的客人之間，捏起桌上的糖漬香堇菜，優雅地放進嘴裡咬得喀喀作響。

「要不要吃糖漬香堇菜？」

「不用。」

「也是，小堇吃糖漬香堇菜就變成同類相殘了。」

她邊說邊繼續喀喀作響地咬著糖漬香堇菜。

我全身發抖，只好雙手握拳忍耐。

「妳想到死後的問題，於是在隔壁蓋了小房子牽來電線，避免死後沒有電源繼續冷卻這個房間，也為此雇了風間虎太郎幫妳看房子。」

笛子女士並沒有讓繼承財產的風間虎太郎住在這棟房子裡。因為她雇用風間虎太郎只是讓他負責支付電費，如果讓他住進家裡，進而發現地下冰庫就糟了。

「說到風間，我是看他已走投無路了，來我家賣洋娃娃，一個大男人的，講著講著就哭了。他被自己相信的人騙，落到養不起家人的田地，自暴自棄地說想要拋下一切逃走、想去自殺。面對這種人，妳能夠坐視不管嗎？」

笛子女士還是不斷地嚼著糖漬香菫菜。

「風間先生不過是為了確保房子一直有電的假房東。因為妳的詭計，花音必須忍耐寂寞，蓋勒馬影戲院變成花音的托兒所，美咲小姐不分早晚都得工作，我爸媽還面臨離婚的危機！」

「那還真是可憐。」

笛子女士本來想要喝茶，看到茶都結成冰，不禁皺起眉頭。

她又吃起香菫菜花瓣，口中傳來喀喀的聲音。

不，喀喀作響的人是我。

我實在冷到受不了，濡濕衣服的汗水也開始結凍。

「總之妳利用因為負債而走投無路的風間虎太郎實在太過分了！」

我說這句話的時候盡量不去看被害得更慘的人。

「是啊，坦白說的確如此。」

笛子女士搗起嘴巴可愛地嘻嘻笑。

「風間雖然沒有獲得招待，不過我改成請他為我工作。老實說，我和這些人也聊不太來。」

她指向冰凍的三位客人，我也不禁轉移視線。

看到我害怕的模樣，笛子女士像是要鼓勵我似地點了點頭。

「相較之下，妳乖巧又可愛，是個沒得挑剔的好客人。」

笛子女士抓起桌上的刀子。明明是幽靈，連手都呈現半透明狀，為什麼還能握住刀子？難道刀子也不是真的嗎？

「嘿。」

笛子一揮舞刀子，我的袖子就裂了。半透明的笛子女士可以對我造成實質的傷害。

這下可糟了。

「我去哪裡都沒有人陪我，老是孤零零的。」

笛子女士像個機器人，邊開口邊動作確實地揮舞刀子。

「咦？」

「死了以後去那地方不是很寂寞嗎？」

「您在說什麼？」

「討厭人群的人死了之後就會去到擁擠的人群之中，孤獨死去的人就會去更寂寞的地方，這不是很討厭嗎？」

「是很討厭沒錯，可是您怎麼確定一定會那樣呢？」

「我就是知道。我心頭傳來一陣騷動，所以就知道了。就是因為這樣，我才想和客人一起待在這個家，妳也不想和我家玲奈那樣的壞同學同班吧？」

「這不需您多操心。」

「逞什麼強呢？不過妳居然還找得到我躲在哪裡呢！」

因為我喜歡有慟先生，絕對不可以小看愛的力量。

但是有慟先生會搬進這裡真的只是偶然嗎？還是這也是笛子女士設下的陰謀？

「嗯，因為這個有慟在一個很有趣的地方工作，而他剛好在找房子，對我來說，實在很幸運。」

笛子女士把食指貼在臉頰上，做出可愛的動作。

原來如此。

她為了竄改底片版的《人生走馬燈》，一開始就打算把有働先生捲進來。把不知道蓋勒馬影戲院位於陰陽交界，還在那裡工作的他捲進來。

「我不會讓妳碰有働先生一根手指！」

聽到我強硬的宣言，笛子女士做出「我、才、不、管、妳」的唇語。

她突然舉起袖子，在我眼前劃了一刀。

「哇！」

刀子劃過我的臉蛋旁邊，被削掉的頭髮隨之飛舞。

我逃跑時一不小心撞到老舊的縫紉機桌腳，手就這麼黏在冰冷的金屬上。

「哇！這是怎麼一回事？」

徹骨的冰冷化為疼痛，刺痛我的皮膚。

「救命啊！」

我大叫的同時，發現頭上傳來說話聲，是我的錯覺嗎？

不。

不是我幻聽，而是爸爸媽媽、經理、真理子小姐、風間一家和年老的修銀幕阿伯都跑來了。

難道是風間虎太郎告訴美咲小姐和大家我在這裡嗎？還是平井同學去通報的呢？雖然很失禮——但是不管是風間虎太郎也好平井同學也罷，對我來說這都是出乎意料的協助。

我很想拍手鼓掌，一隻手卻黏在縫紉機上無法動彈，而且我的手愈來愈痛也愈來愈冷，我再次吶喊救命，笛子女士伸出舌頭舔了舔嘴邊滿是皺紋的嘴唇。

「今天有好多『客人』參加茶會，好久沒有這麼熱鬧了。」

她抬頭望向地板開口，又看看無法動彈的我，感激似地從喉嚨深處發出假音，開心地在和服上套上可愛的圍裙，邊綁圍裙邊準備泡茶。

「小堇啊，全部有幾位客人呢？」

「嗚嗚。」

糟了，現在可不是看到同伴而高興的時候。

我望向在房間後方凍死的「客人們」，轉動無法自由行動的身體，回頭望向從地板開口凝視地下室的大家。

「你們不要過來，這裡有怨靈！」

「小堇，妳一個女生跑進男生家裡是在說什麼！」

媽媽為了眼前一點也不重要的事而發起脾氣。

「我一直到去年都還是怨靈喔。」

當我覺得真理子小姐又脫線時，她再度發揮特技——穿牆——不對，是穿過天花板，拿著咖啡壺來到我身邊。

「我來救妳了，小堇，撐著點。」

真理子小姐把已不燙口的咖啡倒在我黏在縫紉機上的手，我手上的冰霜馬上融化，我也因此重獲自由。

寬廣的地下冰庫瞬間滿是深培咖啡的苦澀香氣，然而香氣好像被冷氣還是靈氣所吸收，馬上就變淡了。

「很冷吧？小堇真可憐。」

真理子小姐像是哄小孩似地摩擦我的手。雖然被幽靈搓揉後我的手好像又要結凍，但至少心情是溫暖的。

另一方面，不是幽靈的其他人拿來A字梯架在開口邊，七手八腳地打算爬下地下室。碰撞的金屬聲響遍冰冷的房間，我的心都涼了。

「小姐，妳不用害怕了。」

第一個走下來的是服裝華麗的修銀幕阿伯。明明是老人，卻一點也不怕冷。就算映入眼簾的景象——三具坐在沙發上的冷凍屍體和被軟禁的少女——非常詭異，他也毫不退縮，擋在笛子女士面前。

「嘿，平井笛子，讓我送妳上路吧！」

修銀幕阿伯好像在演時代劇，可是他為什麼會知道笛子女士的事呢？

笛子女士一臉迷惑地仰望修銀幕阿伯。

「我不知道您是哪位，但可以請您稍等一下嗎？茶馬上就泡好了。」

「喂，妳不記得我了嗎？算了，總之妳的辦家家酒該結束了，讓我來送妳上路吧。」

「我不是說我在泡茶嘛！」笛子女士煩躁地揮舞手上的刀子，卻被修銀幕阿伯輕輕鬆鬆地制伏了，真是了不起。

我用我差點凍傷的手鼓掌叫好，站在旁邊的真理子小姐開口打破眼前緊張的氣氛。

「請問……」

「有什麼事嗎？蓋勒馬影戲院的老闆娘。」修銀幕阿伯的口氣很嚴厲。

「不好意思，在您忙碌的時候打擾，可是阿銀，你鼻子旁邊的痣為什麼位置跟以前相反呢？」

「咦？」修銀幕阿伯轉過頭來。

「我本來剛剛就想說……」

真理子小姐聳起肩膀，做出可愛的笑臉。

「ㄟ嘿，這麼重要的事弄錯了可不太好，所以我一直想要跟你說一聲。」

真理子小姐看了《人生走馬燈》之後之所以驚訝，除了發現阿銀的未婚妻不是自己而是丸子小姐之外，她還發現了另一個重點。

以前她在當酒店小姐時，阿銀的痣是長在鼻翼左側，然而在這裡遇到的阿銀卻是長在右側，只是剛剛因為阿銀搞錯「丸子」、「真理子」而大鬧，導致真理子小姐一直沒機會提起關於痣的問題。

「真是不好意思。」

當下所有人都眨著眼睛，盯著因為找不到開口時機而忸忸怩怩的真理子小姐。我的視線轉移到修銀幕阿伯身上，仔細觀察著他左右相反的巨大黑痣，發現他臉上似乎是用白色油性粉底打造出來的老妝。

「啊，修銀幕阿伯長得跟那個人一模一樣！」

「跟誰一模一樣？」

除了修銀幕阿伯和真理子小姐之外，連笛子女士都一起開口詢問。

我在回答之前，先把手伸向修銀幕阿伯的鼻子，抓住他跟那鼻孔一樣大的黑痣，用力一拔！結果那顆痣就這麼掉下來了，我哇哇大叫地躲開。

「好冰！」

啊，我運氣怎麼這麼差！

躲開時一不小心跌倒，結果我的手又黏在冰冷的縫紉機上。

真理子小姐大叫一聲「糟了！」邊衝上前往樓上開口的A字梯。

經理擋在我爸媽面前，阻止他們下樓。沒有陰陽眼的他們看不見笛子女士，搞不清楚地下室發生什麼事。真理子小姐飄啊飄地穿過大家。

「真理子，真是辛苦妳了。」

看得見真理子小姐的經理自動讓路，至於沒有陰陽眼的我爸媽、風間夫妻則因為真理子小姐通過時引起的「旋風」而一陣恐慌。

修銀幕阿伯毫不在意眾人的眼光，從口袋掏出手帕，一隻手持續抓著笛子女士，另一隻手開始用力擦拭臉龐。

「阿伯，你在做什麼？」

「小姐，請妳等一等。既然被妳看穿了，我也只好脫下這張面具。」

「面具？」

用力摩擦之後的臉龐雖然泛紅，不過滿是皺紋的老人瞬間轉變為乾癟的中年歐吉桑。他抓住衣角用力一拉，露出原本藏在十六世紀德國士兵制服之下的大紅色燕尾服。

簡直就像在變魔術。

「你是!?」

山田火星。

他就是在召喚笛子女士的靈魂過程中猝死的神主，也是從原本只能去不能回的陰間，打破銀幕回到人間的那個「回來的人」，現在居然還化身為修銀幕阿伯。

「山田先生你真是太厲害了，我完全被騙了。」

我正感到佩服之際，真理子小姐又端了咖啡來。

明明用熱水就可以救我，真理子小姐卻刻意端來咖啡，實在不懂她到底是聰明還是少根筋。

「妳說什麼！我聽不懂！」

真理子小姐正在解救我時，經理對著我們頭上的洞口怒吼。對於經理而言，山田火星是令人憎恨的逃犯，難怪他會生氣。

「我也不懂啊！」

被火星先生抓住手臂，無法動彈的笛子女士也高聲吶喊。

「可以讓我說明一下嗎？」

我朝我那剛靠真理子小姐解救的手呵氣，接著雙手抱胸，稍微擺起架子。

「總之，事情是這樣的……」

得先從之前發生的事情開始說起。

平井一家由於害怕笛子女士引起的靈異事件，請來神主山田火星。他們一方面想為生前不顧笛子女士而道歉，一方面也希望笛子女士能原諒他們，放下怨念，立地成佛。

結果火星先生卻在召喚靈魂的過程突然病逝。他招魂的對象畢竟是對生前的日子有執念與為了留住客人不惜改建房子的笛子女士，無論招魂的過程遭到打斷還是因故中止，都害她無法就此前往《人生走馬燈》另一頭的世界。

「因為成了怨靈，無法上西天吧。」

「是的。」

就連失去肉體的生命，笛子女士依舊努力邀請客人參加茶會。

她最想請的人是孫女，結果孫女由於太害怕而不斷抵抗，讓她的怨念與日俱增。

火星先生覺得不能因為自己離開人世就拋下笛子女士不管，於是又回到人間，所以在深夜電影上映那天晚上，他衝破了蓋勒馬影戲院二號館的銀幕。

「原來是你這個混帳幹的好事！」

在一樓的經理對著地板的開口大喊。

經理順利勸阻我家爸媽不要下到地下室，接著又要忙著指揮失了魂的有働先生搬運大型行李。

火星先生苦惱地抬頭，對經理露出討好的笑容。

「逃回人間之後，我也很辛苦啊。」

恢復原本的身分之後，火星先生改用自己的口氣解釋。

從蓋勒馬影戲院的銀幕非法逃回人間的火星先生沿著笛子女士的痕跡調查遺族，結果只是把大家嚇個半死，沒有發現什麼有用的結果。

平井同學會遇到許多可怕的事情並非單純起因於笛子女士化為怨靈後的所作所為，火星先生在她周遭調查可能也是部分原因。

火星先生也來探查笛子女士生前的房子。因此他發現笛子女士附身在房客──有慟先生身上。當他發現笛子女士附身的對象是蓋勒馬影戲院的員工時，簡直嚇傻了。

「笛子女士為了竄改記錄自己罪行的《人生走馬燈》，附身在有慟先生身上。但是二號館是放數位影片的電影院，就算是有慟先生也無法竄改。」

「數位影片？那是什麼東西？」

火星先生無視皺起眉頭的笛子女士，低聲呢喃。

「對於逃離陰間的幽靈而言，蓋勒馬影戲院是很危險的地方。」

對火星先生來說，蓋勒馬影戲院的確是個鬼門。直到現在，經理也使出渾身解數要將他揪出來。火星先生很清楚整個蓋勒馬影戲院上上下下他最該小心避開的只有經理一個人，而有働先生遭笛子女士附身而淪為敵人的棋子，因此火星先生心想可以利用剩下來的真理子小姐和我。

「所以我化身為修銀幕的，在『後站二加一丁目』等妳們上門。我以前曾經努力練習變身，如今才能成功。」

「假裝成廠商來修理自己弄破的銀幕，真是爛人。」經理抱怨道。

「可是火星先生為何要這麼迂迴，直接去找笛子女士不就好了嗎？」

聽到我的問題，火星先生用手指抹去臉上殘留的白色油性粉底。

「因為那樣弄不好的話，他也會有生命危險。」

火星先生指向背著機械，走下A字梯的有働先生。他一直到剛剛都還被附身，表情依舊有些呆滯。

「因此我讓看得到幽靈的妳引起騷動，等待老奶奶的靈魂離開妳男朋友的身體。在蓋勒馬影戲院時，我也稍微附身在妳身上一下子。」

「原來如此。」

可是火星先生為什麼知道我看得到幽靈呢？難道他來過學校看到我被大

家排擠嗎？還是他偷偷看過我的履歷？

這可是侵犯我的隱私呢！

「我看妳跟那位美女幽靈是朋友。」

原來如此，我自己都疏忽了。

我忍不住拍手叫好，忘了我的手凍傷了，大叫「好痛，好痛」。緊抓著A字梯的經理看到我吵鬧的樣子又發起脾氣來：「就算如此，你居然做出這種事！」

火星先生毫不在意我們的反應，重新抓好已認命不再抵抗的笛子女士，清了清喉嚨。

「在場的各位，接下來我要進行『超渡』的儀式。」

他嚴肅的聲音傳遍地下冰庫，被抓住的笛子女士扭動衰老的身軀，悲傷地呢喃：「不要，不要。」

但是火星先生並未因此放過笛子女士。

「我要做靈魂的通道，請打開大門。」

火星先生透過花音的傳達——因為只有花音看得見和聽得到化為幽靈的火星先生——指示站在一樓地板大洞旁邊的兩對夫妻行動。

「所有封住水的蓋子都請打開，包括排水孔的蓋子，所有的蓋子都要打開。」

這好像就是「超渡」的作法。

火星先生畢竟是真正的神主，就算穿著好像要去參加里民同樂會表演的紅色燕尾服，大家都還是懾服於他的魄力。我甚至覺得冰庫的寒氣因而遠離，三位被害者聚集的角落所傳來的可怕氣息也隨之消失。

他的手上突然出現不知道從哪裡拿出來的長念珠，開始大聲念經。他大聲吟唱的經文簡直就像外文。

「三夜大神，請送上路，敝人懇請您送其上路。」

從丹田發聲的祭文融化在空氣中，逐漸環繞我們。

「啊！」

笛子女士輕輕地哀叫一聲。

「請送上路，敝人懇請您送其上……」

火星先生念到最高潮時，祭文突然中斷。

笛子女士同時也緩緩地抬起頭來。

「你要念到什麼時候呢？大家趕快來喝茶吧。」

笛子女士眼睛往上瞟，吊起眼笑。

她舉起沒被火星先生抓住的另一隻手，闔上茶水已經凍住的茶壺。

那是什麼暗號嗎？我聽到遠方傳來大門關上的聲音。依火星先生的指示而打開的所有通道，傳來吸進異物而阻塞的聲音。

兩家爸媽窺視地下室的大洞也在此時發出巨大的聲響關上。

經理好不容易放下不知名的機械，還撞到發呆中的有働先生。雖然經理想要保護機器，最後還是被機器和有働先生壓在底下，低聲地哀叫。

笛子女士趁著火星先生分心的瞬間，咻地逃走了。

封閉的大洞上方傳來爸媽和風間一家尖聲呼喚我們的聲音。

「大家趕快來喝茶吧，大家趕快來喝茶吧，大家趕快……」

笛子女士相同的話，簡直就像壞掉的機器不斷重複。她踢開先來的三位客人，清出位子，輕快地開始整理桌子，手上卻握著那把刀子。

「茶會終於準備好了，大家趕快過來吧。」

「……」

有慟先生聽到呼喚，搖搖晃晃地靠近桌子。

我使出打躲避球的技巧，把空的咖啡壺丟向有慟先生的背。

「有慟先生，不可以過去！你不可以再被附身了！」

我擒抱住跌倒的有慟先生，大聲喊叫。

周遭的燈光瞬間變暗，位於地下冰庫的女性——除了我和真理子小姐之外，就連笛子女士也一同發出尖叫。

但是燈光又瞬間恢復正常。

當我覺得耳邊傳來熟悉的喀喀聲響時，圓錐形的光束投射在牆壁上。

經理叫有慟先生背來地下室的原來是放映機。這台勉強收在辦公室樓梯下方的老式 Bell & Howell 放映機，是經理的得意收藏。

大概因為放映機的運作聲和底片的氣味是放映師的命根吧，有慟先生的眼睛又恢復往日的精神。不過也可能是因為這台嘈雜的放映機所播放的影片改變了這個地下冰庫的權力關係。

現正播映的是《人生走馬燈》，地下冰庫的牆壁上投射出溫馨的茶會景象，影像中有個和花音差不多年紀的小女生，大口吃著蛋糕，吃到連臉上都沾到奶油。那個女孩就是小時候的平井玲奈，她身穿淺色系的公主袖洋裝，像妖精一樣奔跑打轉之後，爬上祖母的膝蓋。

「奶奶，我們要永遠在一起喔。」

「好啊！只要玲奈一直對奶奶說這句話的話。」

笛子女士將刀子放在桌上。

「我們家玲奈那時候真的很可愛。」

這就是成為幽靈的笛子女士最後的遺言。

她撥開倒在地上的三名業務員，貼近牆上的影像，身體慢慢變得透明，直到完全消失。

至於同時和笛子女士一起看了《人生走馬燈》的火星先生說他看到的內容，與其說是回憶自己的人生，不如說是確認笛子女士已經確實上路，「事情終於解決了」，他鬆鬆肩膀，然後轉過身來，揚起紅色燕尾服的尾巴，朝我們行禮。

「各位，我要更正我先前說過的話──修銀幕老闆本人後來已跟丸子民惠結婚，他們移民到夏威夷，在那裡開起了關東煮店。請大家好好存錢，一起去夏威夷吃他們煮的關東煮。」

哈、哈、哈。

火星先生像個老派英雄大笑，身影隨後也一同消失。

啊，真是太好了。我安心到全身發抖，不過事實上不是因為放下心來，而是太冷，睡意就像冰塊在我身體裡結晶。

「小菫，醒醒啊，在這裡睡著會凍死的！」

經理喊著，他結凍的達利鬍也跟著搖晃，發出沙沙的聲響。

我聽到結凍的鬍子發出聲響覺得很有趣，便哈哈大笑，隨之又陷入昏睡

——就在此時，我想起一件非常重要的事情而清醒過來。

我抓住比冷凍庫的冰塊更加冰冷的真理子小姐，用盡全身的力氣大喊：

「真理子小姐！」

「真理子小姐，妳不能這樣就走了！」

真理子小姐悲傷的眼緊盯著即將邁向尾聲的《人生走馬燈》，淚水不斷地從她的大眼睛流下，不過因為她是幽靈吧，她的淚水不會像我的鼻水或是經理的鬍子那樣結凍，而是完美地滑落臉龐。

「回憶不管看幾次都讓人想哭呢。」

真理子小姐像是看完愛情電影一樣，用雙手拭淚和一直吸鼻涕，然後她低頭看看絲毫沒有消失的自己。

「哎呀，我還是沒辦法成佛，看來我完全感應不到靈異世界呢。」

不。

那是因為妳不能這樣跟我們告別，才會留在人世間。

＊

過沒多久，我爸媽和風間夫妻一起挖開陷阱，把我們救了出來。

我得了重感冒，好幾天都臥病在床。經理和有慟先生也是，所以我們在蓋勒馬影戲院齊聚一堂已經是一星期以後的事了。

9　好難，好捨不得

放映機開始轉動，我透過放映室的窗戶欣賞電影。

經理和真理子小姐一起坐在觀眾席，兩人就像電影院全盛時期常見的情侶檔，肩並肩親密地一同看著電影。

經理比平常更加認真打理了他的達利鬍，翹挺的鬍子突出臉龐兩側。

真理子小姐不知為何身穿一般面試時會穿的套裝和樸素的黑色包鞋，簡直就像要去面試的學生妹。雖然我覺得這裝扮不是很適合約會，真理子小姐本人則是宣稱：「這是我最正式的衣服。」

即便如此，當真理子小姐抱起經理送她的紅玫瑰花束時，顯得非常亮麗。我們異口同聲地稱讚，真理子小姐非常高興。

磨破的天鵝絨椅背上方露出真理子小姐的髮髻。經理不時望向真理子小姐的側面，他的達利鬍也隨之搖晃。

銀幕上播放的是《人生走馬燈》。我不知道其他人看了什麼樣的《人生走馬燈》，但是我眼前上映的是我家客廳，瀰漫著尷尬的氣氛。

因為風間虎太郎回家，我爸媽才免於離婚的危機，可是兩人日常生活的對話卻像是在念課本，害我的日子很難過。

另一方面，警察開始調查平井笛子家地下冰庫的屍體。

先不管笛子女士的幽靈做了什麼好事，或是火星先生大鬧一場最後終於成功超渡，總之無良業務員的惡行和他們被殺害的事，今後應該會逐漸真相大白。

至於風間虎太郎，則是回到太太和花音身邊。

警察好像把虎太郎先生叫去，問了他許多與笛子女士生前相關的問題。他們位在國宅一隅的房子裡依舊堆滿「蜜卡娃娃」，美咲小姐還是一樣從早工作到晚。

儘管如此，至少風間家不再需要把電影院當作托兒所，我們雖然因此鬆了一口氣，卻也很寂寞。今天早上花音和她爸爸一起來到電影院，對我們說「我好高興爸爸回來了」，還把臉貼在蜜卡娃娃身上蹭呀蹭的。

「我接下來要跟爸爸去警察局！」

看來直到虎太郎先生的偵訊結束之前，警察局可能暫時會變成花音的托兒所。

我爸爸也和美咲小姐分手了。

另一方面，笛子女士的事對平井一家上下投下震撼。

關鍵人物笛子女士看了《人生走馬燈》之後，起身前往銀幕另一邊的世界，但是她的家人和她生前所犯下的罪行都還留在人間，這可是非常嚴重的問題。平井同學在笛子女士的事被揭發之前，先一步搬家了，她雖然沒告訴我搬去哪裡，卻傳來一則訊息：

——To　楠本同學

——Subject　謝謝妳的照顧

——雖然我被楠本同學耍得團團轉，不過我沒有生妳的氣，妳不用在意喔。總覺得楠本同學對我好像有很多誤會，眞是可惜，總之我已經不在乎奶奶的事了，今後我會好好用功。

我看不懂平井同學的意思，於是把訊息拿給姨婆看，請她指點。

姨婆舉起散發淡淡樟腦味的袖子，把手舉到下巴附近，微微地笑了一下。

「不是所有人都能輕易地互相了解，總有一天，妳們會用不一樣的心情來看待這件事。」

「是。」

為了感謝姨婆的指點，我把七枝阿姨借給我的狐猴攝影集拿給姨婆看。姨婆和七枝阿姨是一對個性過於相似的母女，所以阿姨生前有時會和姨婆吵得很凶。

但是七枝阿姨離開人世之後，姨婆失魂落魄到簡直像另一個人，楠本家所有人都知道這件事情。據說當初讓姨婆重新打起精神的是七枝阿姨從天國寄來的包裹還是來自天國的電話之類的，這些傳說一直到現在都還繪聲繪影地在楠本家流傳。

「如果不嫌棄的話，這本攝影集就交給姨婆吧？」

我把阿姨重要的遺物交給姨婆，她從鼻子發出響亮的笑聲。

「那孩子原來也有可愛的地方，還偷偷跟小堇交換這種書。」

姨婆翻閱了好一會攝影集，欣賞南國的猴子照片之後，把攝影集還給我。

「既然那孩子把這本攝影集留給妳，就是妳的了。」

至於有働先生則是搬離了那間房子。

有働先生雖然被平井笛子的幽靈附身，警察也不當一回事。但是有働先生的住處是殺人現場也是遺棄屍體的現場，已成為重要的證據，他當然不可能跟以前一樣過日子。

他搬去後站三丁目——也就是「後站二加一丁目」的一間公寓，那老舊的套房只有兩坪大，廚房和洗手間還必須與人共用，但是不用繳交禮金和押金，所以就算領的是蓋勒馬影戲院的微薄薪水也還租得下去。

不過我現在擔心的是「後站二加一丁目」有許多有働先生喜歡的二輪電

影院。我擔心他搞不好會跳槽到那邊的電影院，他卻說對家附近的二輪電影院沒興趣，出乎我的意料。

「再怎麼說我還是想待在營業中的二輪電影院，萬一蓋勒馬影戲院關門了，我會再去找其他家。」

就算全日本只剩一間二輪電影院，有働先生也會毅然決然地前往他應去的地方。

而我應去的地方就是你身邊——但是膽小如我是說不出這種話。

放映室的窗口可以看到兩人看著《人生走馬燈》的身影。

真理子小姐看見了什麼？經理又看到了什麼呢？

經理開始打瞌睡，而真理子小姐則是看得入神，還一直用手帕拭淚。現在我眼中的銀幕播放的不是《人生走馬燈》的影像，而是兩人的臉龐。

真理子小姐一下哭一下笑，表情變化多端，突然之間，她抬起眼，銀幕中的她和我四目相對，對我揮動纖細的手。

「啊。」

我也對真理子小姐揮手。

「小堇，再見。」

擴音器並沒有傳出聲音，但是真理子小姐確實這麼對我說。

我用力深呼吸，吐氣時已經看不到真理子小姐，無論是觀眾席還是銀幕裡，都找不到真理子小姐的身影。

畫面中央出現白色Gothic字型的「END」時，經理起身伸個懶腰，一臉驚訝地舉起隔壁座位上的玫瑰花，對我們揮手。

「小堇，好像有客人忘記東西，說不定人還在電影院裡，妳去大廳幫我找找。」

經理把一隻手放在嘴邊當作大聲公，對著我們大喊。

「好久沒坐在觀眾席上看電影，居然睡著了。」

是這部《人生走馬燈》消除了經理腦中所有關於真理子小姐的記憶嗎？也許這是將一切騷動都看在眼底的神明為了經理所做的貼心舉動，神明一定早就發現真理子小姐偷偷在電影院裡逗留。

「有慟先生，我們來玩文字接龍吧。」

我回頭發現有慟先生停下捲底片的動作，抬起頭來。

「強逼。」

有慟先生一副嫌麻煩的樣子。

「逼緊。」

我迅速答出下一個字，有慟先生臉上顯露怒氣。

「緊追不捨。」

「捨不得。」

我從鼻子緩緩吐出累積在肺部，充滿底片味的空氣。

「有慟先生，我明天會去上學。」

「嗯。」

有慟先生握住我的一隻手向上舉起又搖了搖，說：「加油、加油」。

「嘿嘿。」

我爬下樓梯，回到辦公室，從經理手上接過「客人留下」的花束。我將洗乾淨的即溶咖啡空瓶拿來當花瓶，插了花裝飾在大廳，接著喝下加了很多糖和奶精的咖啡，為經理小小地哭了一下。

文庫版後記

我高中時沒念書，大學又落榜，沒多想就跑去工作，結果工作一換再換，吃了很多苦頭。

「那個人捏住鼻子，報別人的名字打電話來，好像以為這樣就不會被發現。你相信嗎？這種事情你相信嗎？」

有次在某文學獎派對之後的續攤我向大家傾訴當上班族時的辛苦。

「我一直到現在都還會夢到那時候的事，這就是所謂的陰影吧。」

兩位聽眾吃著起士火鍋，邊微笑。

「聽起來很有趣。」

「嗯，很好笑，很有意思。」

「啊，有雞肉，要吃嗎？」

「嗯，好笑嗎？嗯，我要吃。」

苦惱有時候好像也可以當成笑話來說。

＊

《幻想電影院》原本是以《幻想電氣館》為標題，於二〇一二年四月發行的單行本。寫作這部作品的契機是上一部作品《幻想郵局》的結尾，主角小梓和怨靈真理子有過一番對話。

「妳接下來要怎麼辦？沒有登天郵局就不能成佛吧？」

「也不見得是這樣。乙姬市後車站好像有類似的場所，不過不是郵局，而是電影院，我想去那裡試試看。」

我寫下這段對話，邊想著：「真理子一定沒辦法順利成佛，大概又會喜歡上怪人，捲進奇怪的事件之中」。

我和責任編輯鍛治先生討論，他馬上建議我：「先寫個大綱吧？」結果「真理子繞遠路的故事」意外地進行得很順利，一年之後便成書，現在又以文庫本的形式再次出版。衷心感謝支持我的讀者和講談社的相關工作人員！

雖然故事角色都是虛構的人物，但是多虧大家幫忙，真理子才能在這部作品中順利成佛！

不過《幻想電影院》的主角不是真理子，而是名為楠本堇的高中女生。真理子在上一部作品哀嘆自己沒有朋友，這次登場的有點可愛又有點與眾不同的小女生卻是主動想跟真理子當朋友。怪人與人生的苦惱往往都是形影不離。

我在當上班族時，也和小堇一樣，因為無法與周圍的人打成一片而苦惱。她因為是千金大小姐出身，是個乖巧的怪小孩，但是她反而利用了自己的苦惱，潛進初戀對象的職場打工，其實也是有她善於變通的一面。

為了逃避學校而去打工。

我覺得即使在現實生活中，「逃避」也不見得是壞事。如果不逃避的話，就會像以前的我一樣，壓力造成身心障礙，睡著就做噩夢，醒來就頭痛，有些人甚至會出現更糟糕的情況。

「如果實在忍受不了，那就逃吧！」這是我在這部作品中最想傳達的想法。雖然故事中，小菫躲進蓋勒馬影戲院之後，真正的考驗才開始，但是電影院裡有她喜歡的人，也有她想珍惜的朋友，所以才能完成超乎她能力的事情。我將人生的辛苦之處寫成喜劇，一方面是想寫開朗的故事，一方面則是覺得可以把吃苦當笑話說就表示辛苦終於有回報。

「如果實在忍受不了，那就逃吧！」，「日後在主場獲勝，再去客場挑戰吧！」我希望每一位在日常生活奮鬥的讀者，都能開開心心閱讀小菫在蓋勒馬影戲院打工的奮戰過程。希望寫成喜劇的奮鬥過程，能夠讓大家的心靈獲得暫時的休憩。

無論明天是在主場奮鬥或是客場挑戰，我都希望這本書能帶給大家一些幫助，我衷心如此期盼！

平成二十五年五月
堀川麻子

娛樂系 005
幻想電影院

作者 堀川麻子
譯者 陳令嫻
責任編輯 王淑儀
美術設計 POULENC
書衣插畫 tamaki
書衣裡插畫 chocolate
內文排版 高嫻霖
總經理 戴偉傑
出版顧問 陳蕙慧
發行人 林依俐
出版 青空文化有限公司
台北市106大安區仁愛路四段107號7樓
讀者服務信箱：service@sky-highpress.com
總經銷 大和書報圖書股份有限公司
電話 02-8990-2588
印刷 前進彩藝有限公司
出版日期 2015年8月 初版一刷
定價 200元
ISBN 978-986-91288-8-9

國家圖書館出版品預行編目(CIP)資料

幻想電影院 / 堀川麻子著 ; 陳令嫻譯 . -- 初版 .
-- 臺北市 : 青空文化 , 2015.08
272 面 ; 10.5 x 14.8 公分 . -- (娛樂系 ; 5)

ISBN 978-986-91288-8-9(平裝)
861.57 104012593